HEYNE
BÜCHER

Von Utta Danella
sind als Heyne-Taschenbücher erschienen

Regina auf den Stufen · Band 01/702
Vergiß, wenn du leben willst · Band 01/980
Die Frauen der Talliens · Band 01/5018
Jovana · Band 01/5055
Tanz auf dem Regenbogen · Band 01/5092
Gestern oder die Stunde nach Mitternacht · Band 01/5143
Alle Sterne vom Himmel · Band 01/5169
Quartett im September · Band 01/5217
Der Maulbeerbaum · Band 01/5241
Das Paradies der Erde · Band 01/5286
Stella Termogen · Band 01/5310
Der Sommer des glücklichen Narren · Band 01/5411
Der Schatten des Adlers · Band 01/5470
Der Mond im See · Band 01/5533
Unter dem Zauberdach · Band 01/5593
Der dunkle Strom · Band 01/5665
Zirkusgeschichten · Band 01/5704
Die Tränen vom vergangenen Jahr · Band 01/5882
Das Familienfest und andere Familiengeschichten · Band 01/6005
Flutwelle · Band 01/6204
Der blaue Vogel · Band 01/6228
Eine Heimat hat der Mensch · Band 01/6344
Jungfrau im Lavendel · Band 01/6370
Die Hochzeit auf dem Lande · Band 01/6467
Niemandsland · Band 01/6552
Jacobs Frauen · Band 01/6632
Das verpaßte Schiff · Band 01/6845
Alles Töchter aus guter Familie · Band 01/6846
Die Reise nach Venedig · Band 01/6875
Der schwarze Spiegel · Band 01/6940
Musik – eine Liebe, die nie vergeht · Band 01/7653

UTTA DANELLA

GESPRÄCHE MIT JANOS

Vom Umgang mit einem Pferd

WILHELM HEYNE VERLAG

MÜNCHEN

HEYNE ALLGEMEINE REIHE
Nr. 01/5366

15. Auflage

Genehmigte, ungekürzte Taschenbuchausgabe
Copyright © by Hoffmann und Campe Verlag, Hamburg
Printed in Germany 1990
Umschlagfoto: Isolde Ohlbaum, München
Umschlaggestaltung: Atelier Heinrichs, München
Gesamtherstellung: Presse-Druck Augsburg

ISBN 3-453-00743-3

INHALT

Meiner Reiterfreundin Laetitia

Zunächst etwas Grundsätzliches

Also, um hier gleich mal von vornherein Klarheit zu schaffen: Dies ist kein Buch für Experten. Die sollen lieber gleich aufhören zu lesen, ehe sie angefangen haben.

Experten gibt es haufenweise, wie Sie wohl wissen, liebe Reiterfreunde. (Und die es werden wollen, werden es schnell genug erfahren.)

Experten sind Leute, die alles ganz genau und vor allem viel besser wissen. Sie gedeihen natürlich bei jeder Sportart, beim Skifahren so gut wie beim Tennis- und Golfspiel. Sie wissen immer ganz genau, was die anderen falsch machen und wie sie es richtig machen müßten. Das ist ihr Thema. Von früh bis spät. Ein gewisser Unterschied besteht aber doch zwischen Experten der Reiterei und sämtlichen anderen.

Nehmen Sie einmal an, Fräulein Lili spielt am Nachmittag im Rot-Weiß-Club Tennis, sie hat Anfängerzeit, Trainerstunden und eine kleine Praxis hinter sich, es geht so weit ganz gut. Und auf der Terrasse vor dem Clubhaus sitzen die, die gerade nicht spielen, und schauen zu. Dessen ist sich Fräulein Lili natürlich bewußt.

Die Zuschauer beurteilen jeden zu flach oder zu hoch gegebenen Aufschlag, jede lasche Backhand, jeden müden Sprung. Mag ja sein, Fräulein Lili hat einen Beruf und hat heute schon etwas arbeiten müssen und befindet sich dadurch nicht so ganz in Höchstform.

Vielleicht reißt sie sich zusammen und denkt: Euch

werd' ich's zeigen! Vielleicht auch: Ihr könnt mich alle mal, ihr habt auch mal angefangen. Möglicherweise ist es ihr auch echt wurscht, da wäre sie natürlich fein heraus.

Beim Skifahren sind meist nur etwa gleichwertige Figuren auf dem Übungshang vereinigt, der eine hat halt ein bissel mehr Talent oder Schneid, der andere weniger, Zuschauer gibt es kaum, Stehen im Schnee macht kalte Füße, und wer fahren kann, der ist unterwegs. Richtig kritisieren tun eigentlich nur Ehemänner und solche, die es werden wollen. Weil sie es auf jeden Fall immer besser können. (Das ist wie beim Autofahren.) Gelegentlich liegen sie aber dann auch einmal im Schnee, das tröstet. Und irgendwann ist ja die Skisaison wieder mal vorbei.

Na ja, und Golfplätze sind so weitläufig, da fällt es eigentlich gar nicht besonders auf, wie oft man daneben trifft.

Jedoch: Reiten Sie mal! Erstens sind hier die Experten besonders dicht gesät, und zweitens hat jede Reitbahn ihre Tribüne, ihr Café, ihr Casino, oder wie immer das Ding heißt, wo nichts als Experten hinter der Scheibe sitzen und mit Wort und Blick vernichtende Urteile fällen. Und hier ist es ja nicht nur Fräulein Lili allein, auf der man herumhacken kann. O nein, da ist ja auch noch das Pferd, auf dem sie sitzt, dieser alte, abgelatschte Bock, also jetzt sehen Sie sich das nur an! Was an diesem Tier alles verdorben ist beziehungsweise verdorben wurde, weil Fräulein Lili auf ihm sitzt, das muß schließlich auch beurteilt werden. Und während man also im Kreise trabt und sich so wahnsinnig große Mühe gibt, weiß man ganz genau, was auf den feststehenden Stühlen hinter der Scheibe gesprochen wird. Man hat schließlich auch schon dort gesessen. Man wird am Ende dieser Stunde eventuell wieder dort sitzen und dann mit spöttisch herabgezogenem Mundwinkel genau sehen, was die anderen falsch machen.

»Hat man so was schon gesehen! Die hängt wieder auf dem Gaul wie der letzte Nachtwächter. Und die Absätze! Die kann sie bald in die Kniekehlen stecken. Von Kreuz überhaupt keine Spur. Und wie sie mit den Schenkeln schlägt! Das arme Tier muß ja wahnsinnig werden. Ich hab' den Pascha erst vorgestern geritten, also der kann gehen, sage ich Ihnen, der kann gehen wie eine Eins. Das Pferd steht fabelhaft am Zügel. Man muß es eben nur reiten können, das ist alles.«

Dies bloß als kleine Kostprobe. Seitenweise, liebe Reiterfreunde — Sie wissen es —, ließe sich dieser Sermon fortsetzen, als Monolog, als Dialog, als Trio, als Quartett, als Quintett oder gleich als Chor, je nachdem wieviel Experten da an einem Tisch versammelt sind.

Nun ist da ja irgendwie was dran. Das Pferd kann meist nichts dafür, wenn es wie ein müdes Kamel nach tagelangem Wüstenritt durch die Bahn latscht. Setzen Sie mal auf den lahmsten Gaul einen wirklichen Reiter, einen Reitlehrer zum Beispiel, und Sie werden das Tier nicht wiedererkennen; der Hals wölbt sich, der Kopf trägt sich, es kaut, es gibt den Rücken her, es tritt unter (das ist so das Reiter-Rotwelsch), und Sie kämen glatt in Versuchung, den bejahrten Pascha für einen Teilnehmer des letzten Aachener Turniers zu halten.

Tja! Gelernt ist gelernt.

Und wie lernt man reiten? Genau kann ich es Ihnen auch nicht sagen. So mit der Zeit halt. Mit viel Geduld und Ausdauer. Und mit Liebe zu Tier und Sache. Und genaugenommen eigentlich nie.

Nur daß man sich irgendwann einbildet, jetzt könne man es eigentlich ganz ordentlich, und sich für den Rest seines Reiterlebens damit tröstet, daß man es viel weiter sowieso nicht bringen wird, und schließlich hat man auch einen Beruf (Mann, Kinder, Familie, Haushalt, was eben gerade paßt) und eine Menge zu tun, und um richtig reiten zu können, müßte man das als Hauptberuf machen. Schließlich ist man ja kein Reitlehrer, nicht? Daß der es besser kann, ist nicht mehr als recht und billig, der macht ja nichts anderes, und darum sollte man sich nicht so verrückt machen, so wie der lernt man es sowieso nie. Also!

Übrigens gibt es Unterschiede zwischen Reitlehrer und Reitlehrer. Natürlich ist jeder ein Oberexperte, das ist ja klar. Aber nicht jeder ist wirklich ein genialer Reiter. Manche aber sind es. Und wer kann es noch? Dressurreiter natürlich, das sind die besten, und die Männer in Wien, die von der Spanischen Reitschule, die sind die allerbesten (Kunststück bei den Pferden!). Und früher sind es sicher die Kavalleristen gewesen, aber die gibt es ja leider nicht mehr, nicht mal in der Schweiz. (Ich werde es den Schweizern nie verzeihen, daß sie die Pferde abgeschafft haben.) Unsere Polizei in München übrigens reitet auch sehr gut. Manchmal treffe ich welche von ihnen unterwegs. Da freue ich mich immer. Erstens, daß es sie überhaupt gibt, und zweitens, daß man nicht so allein auf weiter Flur ist, denn nur eine Polizei zu Pferde kann einen weitläufigen Park überwachen. Dann können natürlich die Ungarn noch reiten, nicht alle, aber die, die es eben können.

Schluß damit. Alle können wir hier nicht aufzählen, kehren wir zurück in unseren heimischen Reitstall, denn da gibt es, wir wollen es neiderfüllt zugeben, auch einige ganz schlichte Privatmenschen, die können es auch. So ein paar sind dabei, die reiten hervorragend. Warum auch immer — Talent, Zeit, Mut, eine gute Ausbildung, vielleicht auch das nötige Kleingeld, um sich gute Pferde leisten zu können, egal, sie können es halt. Und oft, merkt auf im Jahr der Frau, oft sind es Frauen. Man sagt, sie haben eine leichte Hand und mehr Sensibilität, um erfolgreich mit einem Pferd umzugehen.

Fangen wir jedoch noch einmal von vorn an. Betrachten wir unseren Anfänger, mittelmäßig begabt, voll Begeisterung und bestem Willen auf ein Pferd geklettert, das viel höher ist als er sich das je vorgestellt hat, von den Experten mitleidig belächelt und von dem Pferd, dem er sich mit soviel Liebe genähert hat, mit Verachtung behandelt.

Denn das Pferd weiß sofort und ganz genau, mit wem es da zu tun hat, und stellt sich darauf ein. Überhaupt, was so altgediente Verleihpferde sind, lieber Himmel, denen ist man wehrlos ausgeliefert.

Ich erinnere mich da an meine eigene Anfängerzeit, und zwar an einen Schimmel namens Inderfürst. Er war sehr alt, darum sehr weiß, und besaß viel Würde. Er war so eine Art Star, denn wann immer in Geiselgasteig oder sonstwo Filmaufnahmen stattfanden, bei denen Pferde gebraucht wurden, war er dabei. Erstens tat er keinen Schritt zuviel, und darum bekam ihn stets der Hauptdarsteller zu reiten, dessen Knochen man schonen wollte, und zweitens war der Inderfürst höchst dekorativ.

So eine Nebentätigkeit färbt natürlich auf den Charakter ab, der Schimmel hatte so seine Allüren, und von einem Anfänger ließ er sich schon lange nicht sagen, was er tun sollte. Verschwand der Reitlehrer beispielsweise mal eben kurz aus der Bahn, Telefon oder so, dann spazierte der Schimmel seelenruhig in die Mitte, stellte sich da hin, blieb da stehen, blickte friedlich in die Runde, und keine Macht der Welt, schon gar nicht der Reiter auf seinem Rücken, hätte ihn bewegen können, auch nur einen Schritt zu tun.

Doch — eine Macht schon, der Reitlehrer, wenn er zurückkam. Der brauchte noch gar nicht ganz drin zu sein, der bekam es gar nicht mehr mit, denn der Schimmel schritt schon gemächlich auf die Truppe zu, die anderen Pferde machten ihm Platz, daß er wieder dorthin kam, wohin er schließlich gehörte, und dann klappte die Sache wieder.

Ach ja!

Bedenken Sie doch einmal, was man alles zu tun hat, an was man alles denken muß, wenn man reiten will. Oberkörper gerade halten, Schulterblätter zurück, Schultern aber dennoch tief, die eine leicht, nur ganz leicht nach vorn, die Ellenbogen angelegt, die Hände aufgestellt, aber ganz ruhig dabei, Blick zwischen die Pferdeohren, Kreuz angespannt, den Rücken jedoch nicht krumm machen, aber um Himmels willen auch kein Hohlkreuz produzieren, die Knie so tief wie möglich, die Absätze so tief wie möglich, die Fußspitzen nach innen, die Schenkel ruhig halten, leicht hinter dem Sattelgurt, das Gesäß fest im Sattel, und gut zurücksetzen, die Hände ruhig halten, hatten wir schon, auf das Pferdemaul eingehen und trotzdem immer noch die Hände ruhig halten, das Pferd nicht wegrennen lassen, aber ja nicht nach rückwärts wirken — — — genug, genug! Bestimmt ist es noch lange nicht alles, ein Experte wird diese Liste vervollständigen können und Ihnen sagen, was Sie alles tun und denken müssen, wenn Sie auf dem Pferd sitzen. Auf dem Pferd wohlgemerkt!

Probieren Sie das mal in aller Ruhe auf einem Stuhl oder auf einer Sofalehne sitzend. Das machen Sie mal. Da sind Sie eine ganze Weile beschäftigt, bis Sie das alles von oben bis unten korrekt ausgeführt haben, und bestimmt wird das eine oder andere nicht so hundertprozentig hinhauen, denn wenn Sie gerade Ihre Schulterblätter zurücknehmen und Ihr Kreuz anspannen, merken Sie, daß Ihre Knie nach oben gerutscht sind. Also konzentrieren Sie sich noch eine Weile und üben weiter. Irgendwann sitzen Sie dann als das Idealbild eines Reiters auf Ihrer Sofalehne.

Aber nun machen Sie dasselbe auf dem Pferd, das sich möglicherweise bewegt, was es ja soll. Nehmen wir mal ganz schlicht und einfach an, es bewegt sich nur im Schritt vorwärts. Und dann werden Sie feststellen, daß Sie von all diesen Dingen höchstens zwei gleichzeitig zusammenbringen, und das, lieber Reiterfreund, wirklich für lange Zeit.

Bis Sie einmal imstande sind, sagen wir, fünf Sachen korrekt auszuführen, kann man Sie direkt schon als Fortgeschrittenen bezeichnen.

Das ist aber erst die eine Hälfte. Ihre andere Hälfte besteht aus dem Pferd. Und da gibt es auch eine Menge Vorschriften, was dieses tun soll.

Nämlich: Es soll gelöst und frei unter Ihnen gehen, den Rücken hergeben, gut untertreten, schwungvoll vorangehen, aber nicht eilen, auch nicht latschen, es soll sich im Takt bewegen, es soll am Zügel gehen, weich im Maul sein, sich aber nicht auf den Zügel lümmeln und nicht überzäumt sein und sich in die Brust beißen, es soll gehorsam sein, aber dennoch stolz und aufgerichtet und so weiter und so fort.

Experten werden hier noch vieles hinzuzufügen haben. Irgendwann werden Sie beginnen zu verzweifeln. Und eines kann ich Ihnen versichern: nicht nur zu Beginn Ihrer Laufbahn als Reiter.

Sehen Sie, ich reite nun schon seit vielen Jahren. Ich versuche es mit Geduld und manchmal mit Energie, manchmal vertraue ich auf Gott und mein Pferd, besonders auf letzteres, und dann versuche ich es mit gutem Zureden. Ergibt sich zum Beispiel folgende Situation: Wir sind im Englischen Garten, reiten da spazieren, ich bin mir klar, es stimmt vorn und hinten nicht, und dann sage ich zu meinem Pferd: »Also jetzt sei so gut und benimm dich mal wie ein gut gerittenes Pferd. Du bist doch schon ein großer Junge. Gib dein Köpping her! Na komm, mach schon! Ich geb mir auch Mühe, wie ein Reiter auszusehen, sieh mal, ich sitze ganz gerade, meine Absätze sind Klasse. Siehst du!«

Und ein paar Meter kommen wir daher wie Neckermann. Aber plötzlich kommt ein Hund aus dem Gebüsch geschossen, oder ein Vogel fliegt piepsend vom nächsten Baum auf, vielleicht liegt auch nur am Wegrand eine alte Tüte, die gestern da noch nicht lag — und meine ganze Mühe ist im Eimer. So und nicht anders ist es mit dem Reiten.

Man muß schon eine ganze Menge Begeisterung für diesen Sport aufbringen, um sich das anzutun. Aber wenn man es dennoch tut — und das schwöre ich Ihnen, bei allem was mir heilig ist —, dann wird es ganz bestimmt nichts auf der Welt geben, was Sie glücklicher machen kann.

Die Liebe zum Beispiel, die kann einen auch sehr glücklich machen, doch weiß man nie genau, wie lange sie währt und wie lange ein bestimmter Partner in der Lage ist, einen glücklich zu machen. Ob Karl Walter Egon, dessen Anruf Sie gestern noch vor Freude an die Decke springen ließ, Ihnen nicht heute bereits schrecklich auf den Wecker fällt.

Auf Ihr Pferd freuen Sie sich jeden Tag, Sie freuen sich schon am Abend, wenn Sie ins Bett gehen, auf den nächsten Morgen, wenn Sie es wiedersehen werden.

Am schönsten ist es natürlich, wenn Sie beides haben, behalten und lieben können: das Pferd und Karl Walter Egon. Aber was ist auf Erden schon vollkommen?

Da sind wir. An einem warmen Sommertag, unter grünen Bäumen.

Und so fing es an.
Zum erstenmal halte
ich den jungen Janos
am Zügel. Die arme
kranke Loni hat uns
hinausbegleitet.

Zwischen den
Feldern von
Bad Wörishofen.

Dilona

Drei Pferde sind es bis jetzt, zu denen ich sagen konnte: meine Pferde.

Das erste war eine dunkelbraune Vollblutstute, elegant, rassig, etwas nervös wie alle Vollblüter, mit einer gewissen Arroganz, die es ihr verbot, sich mit jedermann anzufreunden, sehr schnell — auf ihr zu galoppieren war wie ein Flug auf einer Wolke. Sie hatte, wie fast alle Vollblüter, eine Rennbahnvergangenheit hinter sich, weswegen es sehr schwer war, sie hinter einem anderen Pferd zu reiten; denn man hatte es ihr ja jahrelang beigebracht, sie müsse die erste sein, was ihr auf der Rennbahn nicht immer gelungen war, aber mit mir schaffte sie das, auch manchmal gegen meinen Willen.

Dieser erste Pferdekauf war spontan, wie alles bei mir. Und eigentlich etwas unverschämt, denn ich konnte damals wirklich nicht besonders gut reiten. (Womit ich nicht behaupten will, daß ich es heute kann). Ich ritt gerade ein halbes Jahr in unserem Reitstall, es ist die Universitätsreitschule in München, ich hatte allerdings einen großartigen Reitlehrer, er hieß Peter Cords. Manchmal hatte er etwas rauhe Töne, aber das haben alle guten Reitlehrer so an sich. Mich störte es nicht. Manche seiner Aussprüche waren auch ganz besonders originell. Zum Beispiel: »Mensch! Du sitzt auf dem Pferd wie Mozart vor dem Klavier!«

Mein schüchterner Hinweis, daß man das eigentlich als Lob betrachten müsse, stieß jedoch auf Unverständnis.

Oder angenommen, das Tempo war zu langsam, dann bekam man zu hören: »Gleich laß ich dich rückwärts galoppieren, du Zimperliese!« Und hatte man unfreiwillig den Pferderücken verlassen und war eben dabei nachzuprüfen, ob alle Knochen noch an ihrem Platz seien, ertönte es barsch: »Willst du da unten übernachten? Bist du noch nicht wieder oben?«

Dank seiner spielte sich auch der Beginn meines zweiten Reiterlebens reichlich plötzlich ab. — Daß ich als Kind bei meinen Ferienbesuchen in Breslau bereits mit den Großen ausgeritten war, ohne weiter von Reitvorschriften behelligt zu werden, war lange her. War vergessen. Oder eben nicht vergessen; es war zu einem Traum geworden, den ich mir eines Tages verwirklichen wollte, als ich es mir finanziell einigermaßen ermöglichen konnte.

Ich ging also eines schönen Frühlingstages in die Universitätsreitschule, mal eben bloß zum Gucken, traf auf Peter Cords und sagte bescheiden, daß ich ganz gern wieder reiten würde. Ich hätte ja früher schon, aber das sei zwanzig Jahre her und ob er meine, daß ich es noch mal versuchen könne. Er musterte mich kurz und sagte: »Wir reiten gerade aus. Du kannst mitkommen.«

Und auf mein entsetztes Gesicht hin fügte er hinzu: »Reiten verlernt man nicht.«

Gut, man verlernt es nicht. Aber man ist es nicht mehr gewöhnt. Ich versuchte mich an alles zu erinnern, was ich früher mal gewußt hatte, und kletterte auf eine Stute namens Gilde, die man mir zuführte. Ich hatte natürlich keinen Reitdreß an, nur gewöhnliche lange Hosen und Slipper mit flachen Absätzen.

Liebe Reiterfreunde, die Stunde dieses Ausritts währte

für mich zehn Stunden. Mit hochrotem Kopf, schwitzend und im Sattel mehr hängend als sitzend, die Bügel hintergerutscht, so daß ich mir die ganzen Beine aufschabte, brachte ich diese Bewährungsprobe hinter mich. Es waren ungefähr sieben bis acht Pferde unterwegs, und Gilde lief brav mit, kümmerte sich nicht weiter um mich, als Verleihpferd war sie Kummer gewöhnt. — Aber ich stand es durch, ich blieb oben. Mit zitternden Knien, aber unbeschreiblich stolz, stieg ich vom Pferd.

Cords grinste, als er meine schweißbedeckte Stirn sah, und meinte: »Na, geht ja noch. Da komm denn mal wieder ran.«

Er war Hamburger.

So ging es los. Noch am gleichen Tag kaufte ich mir eine Reithose und Reitstiefel, betrachtete zufrieden meine grün und blau verfärbten Beine und Schenkel und wankte am nächsten Tage in Richtung Reitschule.

Nun mußte erst einmal gelernt werden, in der Reitbahn, bald wurde ich auch ganz legal zu Ausritten mitgenommen. Und nach einigen Monaten begegnete ich jener Vollblutdame Dilona, die ich später Loni nannte. Man hatte sie auf dem Turf nicht mehr brauchen können, und da sie ihre erste Jugend hinter sich hatte, wurde sie verkauft als Reitpferd, konnte sich mit Bahnreiten und gemäßigten Spazierritten zunächst nicht zurechtfinden und brach ihrer ersten Herrin das Schlüsselbein. Nun kam es zu einer gefährlichen Kurve in ihrem Pferdeleben, denn da keiner sie haben wollte, landete sie im Verleihbetrieb. Und das ist nicht gerade das schönste an Pferdeleben, was sich denken läßt. Bei ihr war es natürlich nicht so, daß jeder sie reiten durfte. Da sie kein sanftes Lamm war, bekamen sie meist nur Leute, die etwas reiten konnten. Und ich weiß noch sehr genau, wie stolz ich war, als

Herr Cords zum erstenmal zu mir sagte: »Du probierst es heute mal mit der Dilona.« Es ging erstaunlich gut. Wir waren uns sympathisch. Ich durfte sie sehr bald auch für Ausritte nehmen, die ich am liebsten nicht mit einer großen Gruppe machte, sondern zu zweit mit dem Reitlehrer oder höchstens noch mit einem dritten Kumpan dazu, denn ich ritt sehr gern flott vorwärts, und das konnte man mit diesem Pferd. So etwas läuft dann unter dem Etikett Privatausritt und muß dem Reitlehrer extra honoriert werden, ist ja klar.

Er war übrigens der einzige, hinter dem ich Dilona halten konnte, denn so dumm sind Pferde nicht, daß sie nicht wüßten, wer das Kommando hat.

Es wurde Herbst. Ich war an Loni gewöhnt, ich ritt sie meistens, und sie war an mich gewöhnt, blickte mir mit jenem erwartungsvollen, gespannten Ausdruck entgegen, wie ihn nur Pferde haben, die einen vertrauten Reiter kommen sehen. Sie freute sich über die Rüben und Äpfel, die ich ihr brachte, und ich — ja, ich litt Todesqualen, wenn ein anderer Reiter auf ihr saß. Denn noch war sie ja Verleihpferd und mußte täglich ihre vier bis fünf Stunden Manegendienst absolvieren.

»Kauf sie dir doch!« meinte Cords.

Eben — warum eigentlich nicht?

Es war natürlich eine Finanzfrage. Und ein Pferd kann man nicht von der Steuer absetzen. Aber da ich mir sowieso nie viel aus einem Auto gemacht hatte, beschloß ich, hinfort auf das Auto zu verzichten und lieber ein Pferd zu besitzen.

Es besteht kein Zweifel daran, daß ein Reiterleben erst dann richtig beginnt, wenn man ein eigenes Pferd hat. Aber sprechen wir zunächst einmal von den ernsten Seiten im Dasein eines Pferdebesitzers. Das Geld hatten wir schon. Es muß monatlich aufgebracht werden, notfalls unter Verzicht auf andere Dinge, denn man kann ein Pferd nicht einfach über den Winter in die Garage stellen wie ein Auto und sich selbst überlassen. Es braucht seine ordentliche Wohnung, es will jeden Tag fressen, es muß täglich geputzt und gepflegt werden. Und das alles muß bezahlt werden, Miete und Pension, das Honorar für den Pfleger, der es betreut, für den Schmied, wenn neue Eisen fällig sind, den Tierarzt, wenn das Pferd mal krank ist. Und hierin abermals unterscheidet sich der Reitsport von allen anderen Sportarten. Ihre Skier stellen Sie im Sommer in den Keller, und den Tennisschläger lassen Sie in einer Schrankecke liegen, wenn Sie keine Lust haben, verreist sind, viel Arbeit haben, krank sind. Das alles geht das Pferd nichts an. Jeden Tag muß es versorgt werden, bewegt werden. Und wenn Sie selber nicht können, dann muß es ein anderer tun. Das Pferd ist ein lebendiges Wesen, und das bedeutet vor allem an erster, zweiter und dritter Stelle: Verantwortung. Es braucht außerdem Zeit und Mühe. Und als Zugabe Liebe.

Was sich jedoch meist von selbst versteht.

Aber nun kann es losgehen. Und ich wiederhole noch einmal: Richtig reiten lernt man erst mit einem eigenen Pferd. Und richtig reiten lernt man im Gelände, wenn man auf sich selbst angewiesen ist und auch mal einer schwierigen Situation gegenübersteht.

Diese Erfahrung machte ich schon am ersten Tag meines Lebens als Pferdebesitzer. Nicht-Pferdebesitzer dürfen nur mit der Gruppe oder mit dem Reitlehrer ausreiten. Pferdebesitzer dürfen allein, sie tragen die Verantwortung für sich und das Pferd. Die Reitschule haftet nun nicht mehr. Stolz wie ein Spanier verließ ich an einem sonnigen Herbstmorgen, allein mit meinem Pferd (einen

Tag, nachdem ich es erworben hatte), den Stall. Merklich kleinlauter kam ich zurück.

Meine liebe Loni, allein mit mir auf weiter Flur, unbehelligt von den Anstrengungen des Verleihbetriebes, gut ausgeschlafen in dem viel ruhigeren Stall für Privatpferde, in den sie am Tag zuvor umgezogen war, ein reichliches Frühstück im Bauch und ohne die Autorität des Reitlehrers in Sicht- und Hörweite, zischte mit mir durch die Gegend, daß mir Hören und Sehen verging.

Also begab ich mich zunächst wieder unter den Schutz des Herrn Cords, der das bereits vorausgesehen hatte. Jeden Tag, kurz ehe ich kam, hatte er das Pferd für mich eine halbe Stunde abgeritten, damit der Dampf erst mal raus war, wie man das so nennt.

Was nicht heißen soll, daß Loni, nun viel weniger ausgelastet als früher, mir nicht allerhand Kapriolen unterwegs anzubieten gehabt hätte. Einige Stürze mußte ich hinnehmen. Das war nicht weiter schlimm. Was mich aber jedesmal tief erboste, war die Tatsache, daß das treulose Luder — von mir verwöhnt, gestreichelt und geliebt, mich mitleidlos in irgendeinem Busch sitzen ließ und eilends nach Hause galoppierte. Und Sie müssen wissen: Der Englische Garten ist zwar sehr groß und an Wochentagen relativ leer. Aber irgendwann kommt man in Stadtnähe, auf belebte und begangene Wege. Und ein Reiter, der dann mühselig zu Fuß angelatscht kommt, zumal wenn vielleicht einige Zeit zuvor das Pferd ohne Reiter vorbeigaloppiert ist, erregt die helle Freude aller Spaziergänger. Kam noch hinzu, daß zu jener Zeit und noch viele, viele Jahre danach kurz vor dem Stall eine vielbefahrene Straße durch den Englischen Garten führte.

Schon im Sattel war sie jedesmal schwierig zu überqueren. War das Pferd aber allein heimgelaufen, näherte man sich jedesmal mit Bangen und Herzklopfen, gewärtig, dort ein überfahrenes Pferd und mindestens fünf demolierte Autos vorzufinden.

Es war eine der schönsten Stunden meines Lebens, als man diese Straße für den Autoverkehr sperrte. Heute fährt nur noch der Bus von Schwabing nach Bogenhausen durch, und der kommt nicht so oft, und Busfahrer sind meist rücksichtsvolle Leute. Außerdem wissen sie, wo der Reitweg kreuzt.

Nun ist ja das, was ich hier erzählen will, nicht die Geschichte meiner Loni. Sie hat schon einmal Modell gestanden für ein Buch. Für den Pferderoman »Quartett im September«. Hier soll die Geschichte ihres Nachfolgers erzählt werden.

Loni lebt schon lange nicht mehr. Sie erkrankte im Alter von 14 Jahren an einem Lungenemphysem; ich versuchte alles, um ihr Leben zu verlängern. Wir haben ja ganz in der Nähe unserer Reitschule die Universitäts-Tierklinik mit sehr guten Ärzten, aber es half alles nichts.

Das Leben war für mein Pferd nur noch eine Qual.

In der Tierklinik wurde sie getötet, von einem Arzt, den sie gut kannte. Ihr Pfleger war auch bei ihr, sie hatte den Mund voller Rüben, als sie starb. Mehr konnte ich für sie nicht tun.

Aber ich werde sie nie vergessen. Und ich wünschte, Pferdehimmel und Menschenhimmel werden nicht getrennt sein, damit wir uns wiedersehen.

Der Neue

Janos war mein zweites Pferd, und er ist es noch, auch wenn es jetzt schon ein drittes gibt.

Janos, der Pole, wurde ein langjähriger Freund.

Eigentlich ließ sich nie klar feststellen, ob er mir gehörte oder ich ihm.

Eines soll zunächst am Anfang stehen: Er ist eins der schönsten Pferde, das je auf dieser Erde lebte. Jeder, der ihn kannte und kennt, wird dies bestätigen.

Aber er ist nicht nur schön und stolz und edel, er ist leider auch zuweilen reichlich unverschämt.

Das konnte natürlich kein Mensch ahnen, als er damals in unserem Stall auftauchte. Da stand er verschüchtert und staunend in dem fremden Stall, in einem fremden Land und hörte eine fremde Sprache um sich her. Er verstand kein Wort. Denn bisher hatte man polnisch mit ihm gesprochen. Er war frisch aus Polen importiert. In Polen züchtet man bekanntlich sehr gute und sehr schöne Pferde, er hat Trakehnervorfahren und besitzt ein Viertel Vollblut von seiner Oma her. Aber das Tollste ist natürlich seine Farbe. Er ist das, was man in Amerika einen Palomino nennt und bei uns fälschlich einen Falben. Korrekt muß es heißen: Isabello. Oder ein isabellenfarbiges Pferd. Sie wissen warum? Überlegen Sie mal. Ich erkläre es dann später.

Er sieht aus wie ein Karamelbonbon, mit einer weißen Mähne und einem weißen Schweif. Im Sommer ist er etwas dunkler, sagen wir mal — wie nicht zu heller Milchkaffee, und im Winter tendiert er zu Apricot.

Die Farbe ließ mich zunächst zögern. »Kinder«, sagte ich, »ich kann mir doch nicht so ein auffallendes Pferd kaufen. Das sieht ja affig aus. Der gehört eigentlich in den Zirkus und nicht zu einem mäßigen Reiter, wie ich es bin.« Aber wir hatten schon einen Flirt miteinander.

Zu jener Zeit lebte Loni noch, aber sie war krank, ich konnte sie nicht mehr reiten, ich wußte auch, daß ich sie nicht mehr lange haben würde.

Ein mir wohlgesonnener Mensch sagte: »Nun mach nicht immerzu so ein unglückliches Gesicht. Es ist nun mal so. Kaufst du dir halt ein neues Pferd. Geh mal rüber in den Guse-Stall, da steht einer, der ist kürzlich aus Polen gekommen. Ein Prachtkerl.«

So machte ich die Bekanntschaft von Janos. Stand vor seiner Box und schaute ihn an, und er schaute mich an mit seinen großen Samtaugen. Sein Fell war ganz hell, es war im Februar.

»Na, du?« sagte ich.

Zu jener Zeit gab er mir noch keine Antwort.

(Ich weiß, daß man seinen Namen eigentlich Janosch oder Janucs schreiben müßte, er kommt ja aus Polen und nicht aus Ungarn. Als ich später das Namensschild für seine Box anfertigen ließ, wurde es in der Schreibweise Janos geliefert, also blieben wir bei der Adresse. Ich füge das hier nur ein, damit nicht einer denkt, ich sei so dusselig, wie es scheint.)

Eines Tages war unser Flirt so weit gediehen, daß ich kurzentschlossen sagte: Ich kaufe ihn.

Erstens hatte ich Angst, einer würde mir ihn wegschnappen, denn er gefiel anderen Leuten auch.

Und zweitens ist das eben so bei der Liebe auf den ersten Blick. Auf einmal sagt man Ja.

Und nun kann jedweder Experte von mir aus wieder einmal sein weises Haupt schütteln. Als ich dieses Pferd kaufte, hatte ich nicht eine Minute auf ihm gesessen, geschweige denn ihn geritten.

Verrückt? Na ja, bitte. Typisch Frau? Auch das.

Aber mein Instinkt hat mich nicht betrogen.

Fast zehn Jahre lang war er mein Begleiter, mein Stolz, mein Freund.

Was nicht heißen soll, daß er mich nicht reichlich oft geärgert hätte. Aber das gehört zur Liebe nun mal dazu.

Der Pferdekauf

Nun ist ja vielleicht aus allem, was hier geschrieben steht, schon klar hervorgegangen, daß Reiter untereinander nicht immer nur von reiner Nächstenliebe beseelt sind. Es gibt in jedem Stall Neid, Mißgunst, Geschwätz und Besserwisserei. Es gibt aber auch Freundschaft, Kameradschaft und gegenseitige Hilfe. Und in einem Fall, wie im vorletzten Kapitel beschrieben, kann man eigentlich immer der herzlichen Teilnahme aller Reiter sicher sein.

Nicht so eindeutig sind die Gefühle, wenn einer ein neues Pferd kauft. Das ist immer eine kleine Sensation, jedermann interessiert sich dafür. Wer warum welches Pferd kauft, und daß dieses gute Pferd eigentlich für diesen miesen Reiter viel zu schade ist, beziehungsweise auch andersherum, das Pferd sei mies, und es sei kaum zu verstehen, daß irgendeiner auch nur eine müde Mark dafür ausgeben wolle. Alle die Variationen, die sich zu diesem Thema denken lassen, bieten Gesprächsstoff für Tage.

Ich denke, dies ist der richtige Zeitpunkt, einiges über die Struktur der verschiedenen Reitställe einzufügen. Es gibt große und kleine Ställe, es gibt darin harmonisch gestimmte oder auch ewig miteinander hadernde Gemeinschaften von Reitern. Meiner Erfahrung nach ist die Stimmung in einem kleinen Stall oft unfreundlicher als in einem großen. In einem kleinen Ort, einer kleinen Stadt, einem Stadtrandbetrieb nennt sich das Ganze meist

Reitclub oder auch Reitverein e. V., es gibt da einen ersten, zweiten, dritten Vorsitzenden, einen Schatzmeïster, einen Schriftführer und weiß der Teufel noch was, und vor allem gibt es dazugehörige Gattinnen. Und so ist der Reiterhimmel manchmal von Wolken bedeckt, es grollt darin, das Klima kann kühl bis eisig sein; mit einem Wort, sehr selten lieben sie einander.

Bei uns in München haben wir keinen Verein. Dazu ist die Universitätsreitschule zu groß, es stehen dort an die hundert Pferde, ein Viertel davon Verleihpferde, die anderen Privatpferde. Die Reiter sind zumeist berufstätig, kommen zu ihren bestimmten Stunden zum Reiten, manche schon in der Früh um sechs, ehe ihre Arbeit beginnt, einige wenige in der Mittagspause, viele am Abend, und eigentlich nur am Samstag und Sonntag sind alle da; man sieht dann auch die, die man gar nicht kennt. Viele junge Leute reiten da, auch Studenten, für die die Reitschule hauptsächlich gedacht ist, und sehr viele Kinder. Nichts kann Kinder glücklicher machen, als reiten zu dürfen. Merkwürdigerweise sind es mehr Mädchen als Buben. Genau wie es später mehr Frauen als Männer sind, die reiten. Warum, weiß ich auch nicht. Vielleicht weil die Mädchen schneidiger sind?

Die Universitätsreitschule gehört, wie schon ihr Name sagt, zur Universität. Und an die ist sie gekommen durch eine Stiftung. Zunächst war es eine private Reitschule; sie besteht an demselben Platz, an dem sie sich heute befindet, seit 1926, ein halbes Jahrhundert also. In den Krisenjahren drohte dann wohl so etwas wie eine Pleite, und da trat als Retter Herr Dr. Anschütz-Kaempfe ein, der Erfinder des Kreiselkompasses, der ihm offenbar einige Kopeken eingebracht hatte. Er übernahm die Verpflichtungen der Reitschule, und im Jahre 1932 stiftete er das

Ganze der Universität mit der Auflage, daß es auch immer eine Reitschule bleiben müsse, für die Gesundheit und zur Freude junger Menschen. Ich finde, dies ist eine höchst bewunderns- und lobenswerte Sache, meines Wissens gibt es hierzulande nichts Ähnliches.

Im Krieg wurde die Reitschule ziemlich schwer beschädigt, später mit viel Mühe und unter persönlichen Opfern der Pferdefreunde wieder aufgebaut. Aber das war vor meiner Zeit.

Kommt dazu, daß die Universitätsreitschule eine einzigartig schöne Lage hat, in Schwabing, unmittelbar am Rande des Englischen Gartens, weshalb wir ohne Schwierigkeiten ausreiten können. Sie liegt mitten im Stadtgebiet, fünf Minuten von der U-Bahn, so daß auch Leute ohne Auto, also gerade Jugendliche, jederzeit dort hinkommen können, ohne lange, zeitraubende Anfahrten in Kauf nehmen zu müssen.

Diese schöne Lage in einem sehr teuren Viertel birgt natürlich ihre Gefahren in sich. Seit ich dort reite, und das sind jetzt immerhin fünfzehn Jahre, ist die Rede davon, daß das Grundstück verkauft werden soll, übermorgen spätestens verkauft wird, schon verkauft ist, die Reitschule abgerissen, die Universität für alles ein wahnsinniges Geld bekommt und ein Versicherungspalast entstehen wird.

Tatsache ist, daß wir von Versicherungspalästen umgeben sind. Natürlich wollen die sich weiter ausdehnen, und so können sie gar nicht anders als scharf auf das Grundstück sein. Deshalb ist es auch wahr, daß die Universität schon oft in Versuchung geführt worden ist, das schöne Geld zu kassieren und hinfort auf eine eigene Reitschule zu verzichten. Es gab in der Universität immer Gegner dieser, wie sie argumentierten, total überflüssigen Reitschule, und es gab immer wieder, gottlob, hartnäckige Kämpfer für sie. Außerdem ist der Kreiselkompaß ein gewaltiges Hindernis, das keine Bürokratie nehmen kann.

Gewiß, es ist nicht zu übersehen, daß das zwar sehr hübsche, aber auch schon ziemlich alte Gebäude der Reitschule allerhand Geld verschlingt, es ist reparaturbedürftig, mal ist die Heizung kaputt, mal rinnt irgendwo Wasser, wo es nicht soll, die Ställe sind auch schon etwas altersschwach, und um das Maß voll zu machen, kommt dann gelegentlich die Feuerpolizei, entdeckt irgendwelche Mängel und macht dringende Umbauten zur Auflage. So vor zwei Jahren etwa, als man im Hof der Reitschule eine riesige Grube aushob und eine emsige Bauarbeit begann.

»Bauen die uns hier auch noch die U-Bahn hin?« fragte ich. Mitnichten, nur einen zweiten Ausgang für die Reitbahn. Im Fall, daß es mal brennt. Die Reitbahn befindet sich über den Ställen, und die Pferde werden über eine Rampe hinaufgeführt. Das kennen sie, das ist für sie okay.

Diese neue, sehr steile, frei im Raum schwebende Stiege jedoch, die die Feuerpolizei gefordert und die in monatelanger Arbeit und mit bestimmt Jahrhunderte überdauernder Stabilität ausgeführt wurde, ist den Pferden höchst verdächtig. Lieber würden sie verbrennen als dort hinunterzulaufen. So sind Pferde nun mal.

Wo diese Rampe in die Reitbahn mündet, also seitwärts, an einer der langen Seitenwände, befindet sich logischerweise eine Tür. Und diese Tür, manchmal geöffnet wegen Luftzufuhr, manchmal geschlossen, aber nicht ganz, manchmal klappernd, weil der Wind bläst, diese Tür wurde für die Reiter zu einer Bewährungsprobe. Denn bis die Pferde sich daran gewöhnt hatten, daß dort eine Tür ist, wo zuvor keine Tür war, daß man dort Ausblick hat in den Hof, daß sich dort was bewegt, beispielsweise ein anderes Pferd, ein Mensch, ein Auto, der Wagen, der Heu bringt, der Wagen, der Mist abholt, ein Hund, eine Katze, ein Vogel, eine Ameise — egal was —, bis die Pferde die Tür akzeptierten, war mancher Reiter zu Boden gegangen. Denn zunächst scheuten sie alle vor der Tür. Und manche tun es heute noch.

Das haben wir der Feuerpolizei zu verdanken. Oder auch der Baupolizei, ich weiß nicht genau, wer da zuständig ist. Es ist lieb von ihnen, daß sie so um uns, das heißt um unsere Pferde, besorgt sind. Aber, wie gesagt, ein Pferd verbrennt lieber dreimal, ehe es durch die vermaledeite Tür ins Freie und die schmale Stiege hinunterlaufen würde.

Dies nur als Beispiel, daß die Reitschule immerzu Geld verschlingt; ist ja klar. Im Ganzen ist es ein stabiler Bau, ich hoffe es jedenfalls, aber ebenso alt wie das Deutsche Museum. Die Ställe sind geräumig, die Boxen groß, bis auf einen haben alle Ställe Tageslicht. Die Pferde haben es gut, sie werden ordentlich gefüttert und gut gepflegt.

Der Chef der Reitschule ist Herr Mair, Fritz Mair. Er muß der Universität eine Menge Pacht zahlen und hat seine verantwortungsvolle Aufgabe nun schon seit vielen Jahren inne. Und man möge es mir glauben, es ist nicht immer ganz einfach, um das Wohl und Wehe so vieler Pferde und Reiter jeden Tag besorgt zu sein.

Fritz Mair ist ein vielerfahrener und manchmal auch schwer geprüfter Mann, doch er hat sich seinen Humor bewahrt und sich eine gewisse geniale Gelassenheit zugelegt. Ein exzellenter Pferdekenner ist er außerdem.

Zwischen Pferd und Reiter steht noch eine andere, sehr wichtige Person: der Pferdepfleger. Wie wichtig er ist, kann nur jemand beurteilen, der selbst ein Pferd besitzt. Denn Sie können nur ruhig schlafen, wenn Sie wissen, daß Ihr Pferd gut versorgt und sachgerecht betreut wird.

Dies ist ein ziemlich finsteres Kapitel im Dasein heutiger Reitställe. Ich brauche mich hier wohl nicht weiter darüber auszulassen, wie es mit der sogenannten Arbeitsmoral steht. Viele Leute wollen gegen gutes Geld so wenig wie möglich, so lässig wie möglich und am liebsten gar nicht arbeiten. Aber all das ist unmöglich, wenn man mit Tieren zu tun hat. Ohne ein gewisses persönliches Engagement geht es in diesem Beruf überhaupt nicht.

Nun sind wir in unserm Reitstall ganz glücklich daran, wir haben ein paar gute Pfleger, die schon seit Jahren dort arbeiten. Und was meinen Pfleger betrifft, so ist er schlechthin ein Juwel. Sein Stall ist ein Schmuckstück von einem Stall, mit reiner, guter Luft, mit hocheingestreuten, sauberen Boxen, mit wohlgepflegten Pferden, die auf die Minute pünktlich ihr Fressen bekommen. Ihr glänzendes Fell und zufriedenes Aussehen legen Zeugnis davon ab, wie wohl sie sich fühlen. Sie kennen keine Angst und Scheu vor Menschen, es gibt keine Unruhe im Stall, wer dort nichts verloren hat, fliegt raus. Zähne und Hufe der Pferde werden regelmäßig untersucht. So brauche ich mich nie darum zu kümmern, ob mein Pferd beschlagen werden muß oder ob es noch Zeit hat — und wie wichtig dies ist, davon später —, und beim geringsten Anzeichen von Unwohlsein wird der Tierarzt gerufen, sofern mein erfahrener Pfleger sich nicht selbst helfen kann. Regelmäßig wird eine Wurmkur gemacht und im Herbst eine Impfung gegen Husten vorgenommen.

Sie ahnen nicht, was das bedeutet, wenn man so beruhigt sein kann. Es ist in den vergangenen Jahren im In- und Ausland eine fast unübersehbare Zahl von Reitbetrieben entstanden, aber in viele dieser Betriebe würde ich kein Meerschweinchen zur Pfleg geben, geschweige denn ein Pferd.

Aber auch wir haben in unserer Reitschule manchen Wechsel im Personal gehabt, und manchmal waren trübe Typen darunter. Solche, die sinnlos umeinanderbrüllen, die Pferde ungetränkt und ungefüttert stehenlassen und ihrer Wege gehen, und nicht selten sogar die Pferde schlagen. Natürlich wird so etwas bald entdeckt, und dann wird der Mann gefeuert. Ein Mensch, der in diesem Beruf arbeitet, muß sich darüber klar sein, daß er die Verantwortung für ein lebendiges Wesen trägt und daß seine Freizeit, diese heilige Kuh unserer Zeit, nicht unbedingt im Mittelpunkt seines Lebens stehen kann. Geritten wird auch am Samstag und am Sonntag bis Mittag. Dafür gibt es den berühmten Stehtag, das ist der Montag. Montags nie — so lautet die Devise in den meisten Ställen. Was nicht heißen soll, daß der Pfleger an diesem Tag gar nichts zu tun hat. Essen und Trinken will das Pferd auch am Montag. Und irgendwann muß der Stall mal gründlich ausgemistet werden, wofür an den Tagen mit Reitbetrieb meist keine Zeit bleibt. Übrigens hat man in den letzten Jahren gute Erfahrungen mit ausländischen Pferdepflegern gemacht, besonders mit Jugoslawen.

Ich bitte um Nachsicht für die sachliche Abschweifung, aber ohne Stall kein Pferd. Zurück zum Pferdekauf. Der, wie gesagt, für alle im Stall Anwesenden eine höchst interessante Angelegenheit ist. Noch dazu, wenn jemand so unüberlegt und plötzlich kauft wie ich.

Der Käufer muß ein paar Flaschen Sekt ausgeben, und während die anderen das Für und Wider beschwatzen, betet er still zum Himmel, daß er es richtig gemacht hat.

So ungefähr war die Situation an jenem Tag Anfang März, als ich mir den jungen Herrn aus Polen zulegte. Er selbst wußte selbstverständlich nichts von seinem Glück. Ich hatte ihn kurz zuvor in seiner Box besucht und hatte ihn gefragt, was er davon halte, mein Pferd zu werden. Mit seinen Deutschkenntnissen war es noch schlecht bestellt. Er interessierte sich nur für den Zucker in meiner Hand.

»Du könntest es schlechter treffen«, erklärte ich ihm. »Bei mir hat es ein Pferd gut, weißt du. Zeig mir mal die Beine.« Er ließ sich bereitwillig einen Fuß nach dem anderen hochheben, und ich betrachtete nochmals mit Kennermiene seine wirklich tadellosen festen Hufe. Dann erschien der eigens bestellte Tierarzt, der das Pferd noch einmal genau untersuchte, Zähne, Augen, Hufe, Reflexe, und dann nahm es der Reitlehrer mit hinauf in die Bahn, um es eine Weile kräftig voranzureiten, worauf der Tierarzt nochmals Herz und Lungen prüfte.

Ich hatte bis dahin noch nie auf dem Rücken meines schönen Isabello gesessen. Ich saß hinter der Scheibe, an einem Tisch im Café, umgeben von mehr oder weniger wohlmeinenden Damen, die ihren Senf dazugaben. Experten.

Herr Mair betrachtete mich wohlwollend, nickte mit dem Kopf, das hieß: Du machst das richtig, sei beruhigt.

Also füllte ich einen Scheck aus und bestellte den Sekt. Mit den Gläsern in der Hand wurde die Frage des Namens erörtert. Dieses Pferd, aus Polen importiert, hatte zwar Papiere und daher auch einen Namen. Einen Namen, den kein Mensch aussprechen konnte. Wie sollte er nun heißen? Von allen Seiten kamen die Vorschläge.

Ich wollte ihn Ferdinand nennen. Dieses Pferd ist ein Isabello, genauer gesagt: ein isabellenfarbiges Pferd. Und es gab im 15. Jahrhundert eine spanische Königin namens Isabella, und in irgendeinem Krieg, der drei Jahre dauerte, hatte sie das Gelübde getan, ihr Hemd nicht eher zu wechseln, als bis dieser Krieg gewonnen sei. Sie muß trotzdem eine sehr reinliche Dame gewesen sein, wenn ihr Hemd auch nach drei Jahren noch keine andere Farbe hatte als die meines schönen goldfarbigen Pferdes.

Ich erinnerte mich dunkel an diese Geschichte und auch daran, daß die Dame mit einem Herrn namens Ferdinand verheiratet war, das Ganze spielte in Kastilien. So kam ich auf den Namen Ferdinand und fand mich sehr gebildet. Alle um mich herum, denen ich die Sache verklarte, widersprachen nicht und hielten mich auch für gebildet, nehme ich an.

(Peinlich war nur, daß irgendein historisch versierter Mensch mich später korrigierte, Isabella sei nicht mit Ferdinand, sondern mit einem Alfons verheiratet gewesen.)

Als ich der Sache schließlich mittels eines Lexikons nachging, stellte sich heraus, daß das alles nicht stimmte. Das heißt, Isabella war mit Ferdinand verheiratet gewesen, so weit war es okay. Aber sie war nicht die Isabella mit dem dreckigen Hemd. Das war eine ganz andere Isabella, eine Tochter Philipps II., eine Schwester des Don Carlos, die so gegen Ende des sechzehnten Jahrhunderts Regentin der Niederlande war. Sie und ihr Mann belagerten Ostende, das von den Engländern und Franzosen tapfer gehalten und verteidigt wurde. Drei Jahre lang. Ihr Mann hieß übrigens Albrecht und war ein Habsburger. (Ein großer Held kann er nicht gewesen sein, wenn er drei Jahre gebraucht hat, um das bißchen Ostende einzunehmen.) Aber wie dem auch sei, wenn er der Mann von der Isabella mit dem Hemd war, dann hätte ich das Pferd Albrecht nennen müssen. Nur wie gesagt, damals war ich noch nicht so gescheit wie heute, ich wußte das nicht.

Ferdinand, dieser hübsche, sanfte Name, den ich so passend fand für mein hübsches, sanftes Pferd — Isabella her oder hin —, fand nicht die Zustimmung der Umsitzenden. Auch der Reitlehrer war dagegen. Auch meinem Pferdepfleger gefiel er nicht. Also beendeten wir die Party ohne Taufe.

Anschließend erfolgte der Umzug in meinen Stall, zunächst in eine Box zweiter Klasse, denn in meiner richtigen Box stand noch die arme kranke Loni. Ich hatte ein schlechtes Gewissen. War es nicht Verrat? Sie lebte noch, und schon war ihr junger, kindlich-unschuldiger Nachfolger eingezogen.

Übertreibe ich mit »kindlich-unschuldig«?

Auf mein Wort, so sah dieser Bursche damals aus. Kein Mensch würde diesen Ausdruck gebrauchen, der ihn heute sieht. Kein Mensch hätte diesen Ausdruck gebraucht, der ihn auch nur ein Jahr später gesehen hätte.

Aber damals wirkte er wie ein Unschuldslämmchen. Alle fanden ihn wunderschön, was mich mit Stolz erfüllte. Und ein Reitlehrer, der bei der ganzen Aktion zugegen war, tat den prophetischen Ausspruch: »Na, mein Lieber, dir wird es in deinem ganzen Leben nicht mehr schlecht gehen!« Es klang fast ein wenig neidisch.

Ich habe es gehört. Und nicht vergessen. Und bis heute, so wahr mir Gott helfe, ist es Janos nicht schlecht gegangen.

Den Namen bekam er ein paar Tage später, als mir Janos eingefallen war. Das fand rundherum Zustimmung. Und irgendwie hatte ich da auch eine prophetische Gabe bewiesen, denn die sanfte Unschuld verlor der Genosse aus Polen ziemlich bald. Janos paßte zu ihm.

Gemeinsamer Urlaub

Wenn Sie, lieber Reiterfreund, denken, daß ich am nächsten Tag fröhlich mit diesem Pferd losgeritten wäre, dann denken Sie falsch. Viel geritten worden war dieses Pferd bisher überhaupt noch nicht. Er war lediglich, wie man das so nennt, gerade angeritten. Da er aus einer fremden Welt kam, wußten wir nichts über sein bisheriges Leben. Er hatte wohl bisher auf einem Gestüt gelebt, und schlechte Erfahrungen mit Menschen hatte er nicht gemacht, das war ihm anzumerken. Aber mit Arbeit hatte man ihn offenbar auch nicht weiter belästigt. Seinem ganzen Benehmen nach war er wohl auch spät gelegt worden, das heißt, er war nicht, wie meist, als Zweijähriger vom Hengst zum Wallach gemacht worden, möglicherweise hatte er sogar Umgang mit Damen gehabt, denn eine gewisse hengstige Manier behielt er sein ganzes Leben lang, bis heute. Zunächst einmal mußte er lernen, sich wie ein Reitpferd zu benehmen, er mußte die Grundregeln begreifen, mußte die verschiedenen Gangarten lernen, mußte an die Hilfen gewöhnt werden, er mußte reitbar gemacht werden. Und dies für eine Frau.

Ich gestehe, das lernte er nicht von mir. Weil ich das nicht kann. Für vier Monate etwa blieb Janos allein dem Reitlehrer überlassen, das war zu jener Zeit leider nicht mehr mein alter Freund, Herr Cords, es war Herr Philadelphia, von den Reitern respektlos Fifi genannt, ein gu-

ter und erfahrener Reiter, heute Chef einer kleinen Reitschule im Umkreis von München.

Für einige Zeit hatte ich also kein Pferd. Nun besitze
ich außer einem Pferd noch eine Familie und so etwas wie
einen Beruf. Ich arbeitete damals an einem neuen Buch,
ich mußte einige Reisen absolvieren, und daher hatte ich
mit meinem Pferd nur flüchtige Kontakte, die sich hauptsächlich auf Schmusen in der Box beschränkten. Irgendwann im Sommer begann ich dann, ihn zu reiten, zunächst in der Bahn, das ging ganz gut, einige kleine Ausritte versuchte ich auch.

Ich erzählte zuvor schon, daß ich seit einigen Jahren
die Gewohnheit hatte, mit meinem Pferd in Urlaub zu
fahren. Bisher war es Loni gewesen, sie hatte mich an den
Tegernsee begleitet, später nach Bad Wörishofen.

Bad Wörishofen erwies sich als Volltreffer.

Zu jener Zeit, Anfang der sechziger Jahre, war es noch
nicht üblich, daß sich ein Reiter sein Pferd mitnimmt,
wenn er in Urlaub fährt. Für mich war diese Art von Ferien super. Raus aus der Stadt, hinein in Wald und Wiesen, an die frische Luft.

Das Problem war nur: wohin?

Die Reise durfte nicht zu weit sein, der Ort mußte
einen erstklassigen Reitstall besitzen, ein gutes Reitgelände, und schließlich auch mir noch ein wenig Ab-
wechslung bieten, denn ich wollte meine Ferien nicht nur
im Pferdestall verbringen.

Jacob Heidenreich, Münchens bekannter Reithosen-
schneider, hatte mir den richtigen Tip gegeben.

»Warum gehen Sie nicht mal nach Wörishofen?«

Bis dahin kannte ich Bad Wörishofen noch nicht, obwohl es von München nur etwa neunzig Kilometer entfernt liegt. Als erster Kundschafter wurde meine Frau

Mama losgeschickt, die für solche Aufgaben in jeder Weise geeignet ist. Der Auftrag lautete: Wie sieht das Gelände aus, kann man da gut reiten? (Sie war früher auch geritten.) Was macht der Stall für einen Eindruck, ist er sauber, ordentlich, sind die Leute nett? Findet sich in dem Kurort ein Hotel mit möglichst viel Komfort, ohne daß man gezwungen ist, pausenlos zu kneippen und volle Pension zu verspeisen?

Das alles ermittelte Mama bei einem Aufenthalt von drei Tagen. Und um es gleich zusammenfassend zu sagen: Sieben Jahre lang war ich ein zufriedener und sogar glücklicher Gast in Bad Wörishofen.

Der Stall, Englerhof genannt, ist Klasse. Mein Hotel, Forster-Löwenbräu, erfüllt alle meine Wünsche. Die Landschaft ist ein Traum; Wälder, Felder, Wiesen — und eine Luft! Ehrlich, ich habe nie in meinem Leben so fest und tief geschlafen wie in Wörishofen. Und ich brauchte dazu nicht einmal meine Füße ins Wasser zu stecken.

Denn bei mir hieß die Devise: Knieschluß statt Knieguß. Ich hatte statt eines Autos mein Fahrrad dabei, ich ging viel spazieren, und wenn ich nicht ritt, radelte oder lief, befand ich mich in dem schönen großen Schwimmbad. Na, und sonst gab es auch noch einige höchst unterhaltende Dinge, die aber nicht hierher gehören.

Ich kannte mich da gut aus, ich kannte vor allem das Gelände, und das war wohl der Grund für meinen Leichtsinn, daß ich mit Janos, den ich nur kurze Zeit und das meist unter Aufsicht des Reitlehrers geritten hatte, einfach Ende Juli gen Wörishofen reiste.

So eine Reise mit einem Pferd ist mit einigen Schwierigkeiten verbunden. Das Pferd wird im Hof der Reitschule verladen, nicht etwa in einen popligen kleinen Anhänger, sondern in einen großen, gut gepolsterten

Pferdetransporter, in dem acht Pferde Platz haben. Natürlich empfiehlt es sich, einen Tag abzuwarten, an dem auch noch zwei oder drei andere Pferde in dieser Richtung reisen, sonst kommt der Transport zu teuer.

Erstaunlicherweise bestieg Janos relativ willig die Gangway, die in seinen Traumurlaub führen sollte. Ganz im Gegensatz zu Loni, die ein Riesentheater gemacht hatte, und deren Verladung beim erstenmal dreiviertel Stunden gedauert hatte. Das kann einen ganz schön nerven.

Mit meinem Pkw war ich kurz vor Janos da und konnte ihn in Empfang nehmen. Und erlebte zum erstenmal, daß mein Pferd mit mir sprach. Die Fahrt in dem dunklen Wagen hatte ihn doch etwas verängstigt und verunsichert, und nachdem die Klappe von dem Transporter heruntergelassen worden war und er meine Stimme hörte, kam aus dem Inneren des Wagens ein lautes helles Wiehern. Das hieß wohl: »Mensch! Frauchen! Gott sei Dank, daß du da bist!« Das sind so die Momente im Leben! Ich führte ihn in den Stall, den ich schon, er aber noch nicht kannte. Er hatte eine große helle Box und wurde wie immer, wohin er auch kam, ausführlich bewundert. Der Pfleger im Englerhof zu dieser Zeit, Herr Reiber, war vom ersten Tag an begeistert von dem ›schönen Fuchsen‹, wie er ihn nannte. Janos bekam Rüben und ein Bündel Heu, betrachtete vorsichtig seine neuen Nachbarn, und ich konnte mich erst einmal ins Hotel begeben, um mich meinerseits zu etablieren.

Ach ja!

Denn nun könnte ich schlicht und unwahr berichten: Der Urlaub war prima, wir ritten fröhlich durch die Lande, erholten uns und waren pausenlos happy.

Jedoch: So war es nicht.

Ich hatte bis dahin zu diesem Pferd noch wenig persönliche Beziehungen. Und es war zweifellos eine Unverschämtheit von mir, mit einem Pferd, das ich kaum geritten hatte, einfach zu verreisen. Das wurde mir bald klar.

Am nächsten Tag ritt ich also quietschvergnügt vom Stall nach Norden, auf einem Weg zwischen Wiesen und Feldern, durchquerte ein kleines Wäldchen, ich kannte das ja alles, Janos tänzelte, er war ein wenig unruhig, ich zeigte ihm alles, sagte: »Du wirst dich daran gewöhnen. Du wirst sehen, hier kann man wunderbar spazierengehen. Die Kühe da? Ach, sei nicht albern. Du wirst doch in Polen auch mal eine Kuh gesehen haben. Die sind hinter dem Zaun und tun dir gar nichts.«

Im Allgäu gibt es bekanntlich viele Kühe, und daß man oft zwischen ihren Weiden entlangreiten mußte, wußte ich. Da war ich durch Loni hart im Nehmen geworden, die konnte Kühe nicht ausstehen und hatte manchen Tanz mit mir aufgeführt.

Kühe und Kühe ist ja zweierlei. Manche sind ganz friedlich und gucken bloß. Manche rennen aber auch. Am Zaun entlang, oder auf den Zaun zu, das ist schon schlimmer. Denn der Zaun ist ja nur ein dünner Weidedraht, den ein Pferd gar nicht wahrnimmt.

Janos ließ sich erstaunlicherweise durch die Kühe nicht weiter irritieren. In Polen hatte es also wohl Kühe gegeben, und er kannte sie.

Wir trabten ein Stück auf einem Feldweg entlang, machten auf der samtweichen Wiese am Waldrand einen kleinen Galopp, bogen wieder in einen Feldweg ein, und ich war mit mir, Janos, Gott und der Welt zufrieden. Ging ja alles prima. Ich wurde schnell eines Besseren belehrt. In Janos weckte diese weite offene Ebene offenbar gewisse Erinnerungen. Seine Vorstellungen von einem

Spaziergang waren durchaus andere als meine. Er warf plötzlich den Kopf hoch und ging mit mir durch.

Auf einem durchgehenden Pferd zu sitzen ist ein wahrhaft entnervendes Erlebnis. Wer es schon einmal mitgemacht hat, wird mir das bestätigen. Hilfloser kann man sich kaum fühlen. Und wenn dazu noch, da wir uns ja nun nicht in einer Prärie befanden, bewachsene Felder, Weidedrähte, Steine und Furchen, und in der Ferne eine vielbefahrene Straße dräuen, so ist man geneigt, sein Testament zu machen, sofern man etwas zu vererben hätte.

Kein weiches Gras mehr unter den rasenden Pferdehufen, nur noch ein steiniger Feldweg, und Janos, den Kopf hochgeworfen, in die Trense verbissen, schoß dahin, ich hatte keine Einwirkung, meine Zurufe erreichten ihn nicht, und immer näher rückte uns die Bundesstraße 12, München—Lindau, auf der ein Auto und ein Lastwagen hinter dem anderen rollten.

Soweit man in diesem Augenblick denken kann, denkt man: Abspringen? Oder: Wo um Himmels willen könnte ich ihn herumreißen?

Denn es heißt, ein durchgehendes Pferd kann man am besten wieder in die Hand bekommen, wenn man es in eine Volte zwingt, also in einen Kreis, und diesen Kreis immer kleiner macht. Aber da von Prärie keine Rede war, sondern ich mich nur auf einem Weg zwischen Drahtzäunen, teils sogar Stacheldraht, befand (den ich hasse, nicht nur, wenn ich auf einem Pferd sitze), war keine Möglichkeit, abzubiegen.

Aber — o Wunder — nach einer Weile, die mir endlos vorgekommen war, hatte ich ihn. Atemlos waren wir beide. Und ich kleinlaut.

In mäßigem Tempo kehrte ich in den Stall zurück.

Tja, so war das. Und wenn ich nun weiterhin so ehrlich bin, wie ich es bisher war, dann muß ich gestehen: Was ich in den nächsten vierzehn Tagen unternahm, war reichlich bescheiden. Ich ritt immer nur in Sichtweite des Stalles, einen Wiesenweg hin, einen Wiesenweg her, um ein Feld herum, und das Ganze noch einmal. Und wenn ich galoppierte, fühlte ich mich wie die Butter auf der heißen Kartoffel, denn noch immer bestimmte das Pferd das Tempo, und nicht ich. Mein sanfter Ferdinand hatte sich sehr schnell als heißblütiger Janos entpuppt.

»Du verdammter Polacke!« schimpfte ich mit ihm. »Was bildest du dir eigentlich ein? Andere Pferde müssen den ganzen Tag arbeiten, denk mal an die armen Verleihpferde in der Stadt, und du darfst verreisen und alles ist so schön hier, weißt du, was ich mit dir mache? Ich werde es dir sagen, ich verkaufe dich. Einer wird dir die Flötentöne schon beibringen.«

Als Antwort schnaubte er fröhlich, es gefiel ihm zweifellos hier draußen, und mein Gemecker fand er total überflüssig. Was ihn aber maßlos ärgerte, waren die vielen Bremsen. Ich war zu früh aufs Land gegangen, die Felder waren noch nicht abgeerntet, und manchmal war das arme Pferd von oben bis unten von den schrecklichen Quälgeistern bedeckt und führte wahre Veitstänze auf, stieg, schlug mit Kopf und Schweif, und dann war sowieso nichts mit ihm anzufangen. Ich mußte also sehr früh am Morgen oder sehr spät am Abend reiten, und am besten war es, wenn das Wetter schlecht war.

Zusätzlich zu allen Komplikationen hatte sich Janos inzwischen auch im Stall unbeliebt gemacht. Er benahm sich ungebärdig gegen seine Nachbarn, schlug aus, knallte mit aller Kraft gegen die Boxwände, hieb eine Wand ein, und einmal hatte er so hoch ausgeschlagen, daß er

45

mit dem Fuß oben im Gitter hängenblieb und sich ein Eisen losriß. Der Schmied mußte kommen.

»Da haben Sie ja einen richtigen Teufel gekauft«, bekam ich zu hören.

Er bekam dann die Box in der Ecke, von den anderen durch eine hohe Wand getrennt, aber das Getobe ging weiter, und schließlich wurde er strafversetzt, er mußte die Box verlassen, kam in einen Stand und wurde angebunden. Da stand er nun, verdrehte seinen Kopf und begriff die Welt nicht mehr.

»Das hast du davon, du blöder Hund«, sagte ich zu ihm. »Was benimmst du dich so abscheulich? Ich kann dazu nichts sagen, wir sind hier zu Gast, und ich kann von denen nicht verlangen, daß sie sich von dir den ganzen Stall zertrümmern lassen. Du bist doch ein selten dämliches Vieh.« Zu jener Zeit waren unsere Unterhaltungen nicht sehr liebevoll, ich gebe es zu.

Später habe ich versucht, zu verstehen, warum er sich so benahm. Vielleicht war es einfach die Abwehr gegen die abermals fremde Umgebung. Er hatte sich gerade in München eingewöhnt, kannte seinen Pfleger, seinen Reiter, die Nachbarpferde, und nun auf einmal war alles wieder anders, wieder neu.

Pferde sind ja wie Beamte. Sie lieben keine Veränderungen. Am schönsten finden sie es, wenn jeden Tag das gleiche passiert. Derselbe Weg, dieselbe Zeit, der gleiche Reiter, dann ist ihre Welt in Ordnung. Ich habe viele Jahre darauf mit Janos noch jedesmal Streit gehabt, wenn ich einmal, aus irgendeinem dringenden Grund, am Nachmittag statt am Vormittag reiten mußte. Da war er meist unausstehlich. Nein, am Morgen, am Vormittag hatte Frauchen zu kommen und zu reiten, Nachmittag war verkehrt, das stimmte nicht. Und sein Protest äußerte sich in Ungezogenheit.

Ich ging nun immer erst mit meinem Wildling in die Reitbahn, drehte dort ein paar Runden, ehe ich mich ins Freie wagte. Aber auch in der Bahn boten wir keinen erhebenden Anblick. Die Reitbahn war sehr klein (heute hat der Englerhof eine neue große), und da Janos noch nicht so gut geritten war, und schon gar nicht, wenn ich darauf saß, fetzte er mit mir durch die Gegend, daß es nur so seine Art hatte. Dabei kriegte er die Kurven nicht, eben weil die Bahn zu klein war, und wir landeten hier und da, nur nicht ordentlich auf der Kreisbahn.

Ich genierte mich vor jedem, der mir zusah. Und erwog, den ganzen Urlaub abzubrechen und zurück nach München zu fahren. Und so schnell wie möglich diesen gräßlichen Gaul zu verkaufen.

Der Höhepunkt war dann folgendes Ereignis. Ich war allein in der Bahn, ritt meine Runden, die Tür ins Freie stand offen, und Janos muß sich wohl gesagt haben: Was soll der Quatsch? Er ging in voller Karriere mit mir durch die offene Tür ins Freie, raste über den steinigen Hof und hinaus ins Gelände.

Ich gebe zu, wenn es mir auch nicht leichtfällt, ich schrie laut um Hilfe.

Als es mir glücklich gelungen war, ihn in die Hand zu bekommen, kehrte ich zum Stall zurück, stieg mit zitternden Knien ab, und nun endlich erbarmte sich der dort zuständige Reitlehrer, saß mit überlegener Miene auf, warf mir noch einen verächtlichen Blick zu und ritt mit meinem unverschämten Polen aus dem Tor. Total am Boden zerstört stand ich da und sah ihnen nach. Ein kleiner Trost war es, daß sich auch der Meister nicht allzu weit vom Stall entfernte und ziemlich bald zurückkehrte und mir beim Absitzen mitteilte: »Den werden *Sie* nie reiten können.« Da hatte ich es nun.

Eins wußte ich: Einen sanften Ferdinand hatte ich nicht gekauft. Was nun weiter geschehen sollte, mußte ich mir gut überlegen.

Nun bin ich ohnehin von Haus aus nicht mutig, aber ich bin auch nicht der Typ, der leicht kapituliert. Ich sah ein, daß ich es dumm angefangen hatte, die Reise war Blödsinn gewesen, aber ich würde es durchstehen. Von heute auf morgen würde ich mit diesem Pferd nicht klarkommen.

Um es gleich vorwegzunehmen: Theater gab es immer mal mit ihm. Aber eines Tages waren wir so vertraut miteinander, kamen so gut miteinander aus, konnten so prima miteinander reden, er benahm sich oft wie ein echter Gentleman, zeigte mir nie mehr seine volle Kraft, und wir haben die schönsten, weitesten, herrlichsten Ritte gemacht, die sich denken lassen. Ich konnte ihn voll ausgaloppieren, über weite leere Stoppelfelder, und auf ein leises »So«! von mir verfiel er sofort in Schritt.

Ja, ja, liebe Reiterfreunde, so war es später. Mit mir. Einige Jahre darauf, als wir längst ein Herz und eine Seele waren, ging einmal ein Reitlehrer, ein kräftiger, energischer Mann, mit ihm ins Gelände, und Janos, dem seine Hände zu hart waren, führte einen Tanz auf, daß sein Reiter in echte Platznot geriet.

»Wie kommen Sie nur mit diesem Pferd zurecht«, sagte der Mann zu mir, nachdem er wieder an Land war.

»Wir haben so eine Art Gentleman's agreement«, antwortete ich. Und griff meinem Pferd in die weiße Mähne. »Nicht, Janiboy? So ist es doch.«

Er senkte den Kopf und suchte in meiner Tasche nach Zucker. Ich faßte das als Zustimmung auf.

Also nun hör mal gut zu, was ich dir zu sagen habe …

Ich meine es ernst, laß den Unsinn …

Siehst du! So bist du ein braver Junge!

*In flottem Trab
auf idealem Boden.*

*Trüber Tag mit tiefen
Wolken — prächtiges
Reitwetter.*

Aber so weit waren wir noch lange nicht. Damals, in unseren ersten Ferien, begann ich dann, ihn zu longieren. Longieren ist, wenn man in der Mitte steht, und das Pferd an einer langen Leine, möglichst ausgebunden, im Kreis um einen herumläuft, und möglichst auch immer in der Gangart, die man kommandiert.

Das hört sich einfach an, ist aber eine ziemlich schwere Kunst. Ein Pferd fachgerecht zu longieren verstehen nur wenige Leute.

Janos machte da zunächst auch erst einmal, was *er* wollte. Manchmal blieb er einfach stehen, stellte sich quer, also mit dem Kopf zu mir, und sah mich frech an. Frech! So ungefähr: Na, was machste nu?

Ich tippte ihn mit der Peitsche an, das kümmerte ihn nicht weiter, ich schrie ihn energisch an, manchmal ging er, manchmal nicht, ich führte ihn auf die Kreisbahn zurück, drei Runden ging es gut, dann stand er wieder. Haha, du kannst mich mal! Von dir lasse ich mir noch lange nicht befehlen, was ich tun soll. Jetzt stehe ich, siehste ja. Und ich bleibe stehen, ätsch!

»Verdammter Mistbock!«

Er überhörte so unfeine Bemerkungen, wir maßen uns mit Blicken.

»Sie müssen energischer mit ihm sein!« ertönte irgendwo aus dem Umkreis eine Expertenstimme. »Ziehen Sie ihm mal ordentlich eine über.«

Und wissen Sie, was das Luder ein paarmal tat, als ich ihm eins mit der Peitsche gab? Er ging auf mich zu, geradewegs, und schlug mit dem Vorderbein nach der Peitsche. Ehrenwort! So ein elender Fratz war das. Damals.

Aber mit einem Schlag wurde alles besser, als die Dame zu uns stieß.

Die Dame hieß Püppchen und war eine zierliche braune

Stute, sehr graziös, ein bißchen ängstlich, mit einem Wort: so richtig feminin. Mit ihr kam eine Reiterfreundin aus München angereist.

Janos war entzückt. Er stellte sich sofort um, als er eine Dame an seiner Seite hatte, keine Zicken, keine Ungezogenheiten mehr, manchmal ein bißchen Gockelei, wie das Männer so an sich haben, wenn sie einem Mädchen imponieren wollen. Unsere Ritte gewannen an Ausdehnung, es gab nun schon viele Stoppelfelder, und hier erwies sich Janos als wahres Wonnepferd. Die weite Fläche vor sich, die freie Umwelt, er streckte sich, ging in vollem Speed voran, dabei ganz leicht und willig in der Hand.

Womit nicht gesagt sein soll, daß es gar keine Szenen mehr gab, auch Püppchen war nur ein Pferd, und zwar ein ängstliches. Aber das hielt sich nun schon mehr im Rahmen des Normalen.

Bis der Tag des großen Sturms kam. Es rauschte und brauste, die Wipfel der Bäume bogen sich, manchmal brach mit Krachen ein Ast herunter — das ist für einen Menschen schon unheimlich, geschweige denn für ein Pferd. Nach einer Viertelstunde sagte ich: »Wir kehren um. Ich kann ihn heute nicht halten.«

Aber wie das Leben so spielt, manchmal trifft man auch hilfreiche Experten. Gerade in jenem Jahr machte Schorsch Huber, der damalige Chef der Münchner berittenen Polizei, eine Kur in Bad Wörishofen. Wir kannten uns schon von München, allerdings nur flüchtig, jedoch in Wörishofen hatte sich die Gelegenheit ergeben, mal ein Viertel Wein zu trinken und miteinander zu reden, über Pferde natürlich. Auch über dies und das sonst noch, der Huber Schorsch ist ein sehr gut aussehender Mann. Er war auch einmal in den Stall gekommen und hatte sich mein Prachtstück angesehen, hatte anerkennend mit dem

Kopf genickt und mit skeptischer Miene zugesehen, als ich Janos auf dem Reitplatz vorritt. Als höflicher Mann und Kavalier hatte er sich jeden Kommentars enthalten.

An jenem Sturmtag nun, als wir im Schneckentempo und ziemlich eingeschüchtert zum Stall zurückkehrten, war er zufällig da, und ich klagte ihm mein Leid. Bei mir ist das immer so, einmal bin ich ganz oben mit der Nase, einmal ganz unter dem Tisch.

»Mit dem kann ich nie fertig werden«, sagte ich.

»Na, das wollen wir doch mal sehen«, meinte der Schorsch Huber und setzte sich auf Janos. Wohlgemerkt, er hatte weder Reithosen noch Reitstiefel an, er war ein Kurgast in einem feinen hellgrauen Anzug, und so angetan ritt er Janos eine halbe Stunde auf dem großangelegten Reitplatz. Aber wie! Janos hatte keine Zeit mehr, auf den Sturm zu lauschen; das ging in allen Gangarten, in sämtlichen Tempi, über jedes Hindernis, beide schwitzten nicht zu knapp, aber mein Pferd ging — es war eine Pracht, das anzusehen. Ich war einerseits sehr stolz, doch andererseits dachte ich still für mich: Du gibst das Reiten besser auf.

In diesen ersten Urlaub mit Janos fällt auch folgendes Erlebnis, das bis zum heutigen Tag ein Alptraum für mich geblieben ist.

Wenn man mit einem Pferd aufs Land fährt, will man dort nicht nur reiten, man will auch dem Pferd das Vergnügen gönnen, frei auf einer Koppel herumzulaufen und herrliches grünes Gras zu fressen. Was ja so ein armes Großstadtpferd sonst niemals kann.

Nun gab es unmittelbar neben dem Stall einige Koppeln, auf denen natürlich alle Pferde grasten, wodurch das Gras etwas dünn geworden war. Außerdem ist es auch nicht so, daß sich alle Pferde untereinander immer gut vertragen; besonders wenn Fremde auftauchen, werden sie oft angegriffen. Das ist nicht immer ganz ungefährlich, denn Reitpferde haben Eisen, mit denen sie sich bös verletzen können.

Der Besitzer des Stalles hatte mir nun angeboten, unsere beiden Pferde allein auf einer Koppel grasen zu lassen, die ihm gehörte, ungefähr eine halbe Reitstunde vom Stall entfernt, noch ganz unabgegrast. An einem frühen Nachmittag machten wir uns dorthin auf den Weg.

Man reitet durch die Ebene, die sich westlich des Ortes erstreckt, überquert einen Bach, geht dann gemächlichen Schrittes einen Hügel hinauf, ein Stück durch den Wald, und wenn man immer in dieser Richtung weitergeht, kommt man nach Dorschhausen. Wir bogen jedoch vorher nach links ab und kamen zu der uns beschriebenen Koppel. Sie war groß und wundervoll grün, von einem dichten Drahtzaun umgeben. Wir ritten mit unseren Pferden hinein, machten das Gatter sorgfältig wieder zu, sattelten die Pferde ab, nahmen ihnen das Zaumzeug ab, frei und nackt liefen sie auf die Wiese und begannen zu grasen. Wir selber setzten uns hochbefriedigt ins Gras, um ihnen zuzusehen, sogar einen Fotoapparat hatten wir dabei, um das Idyll festzuhalten. Das ging eine Weile gut, wir hatten uns gerade die erste Zigarette angezündet, ich lag auf dem Rücken und blickte in den blauen Himmel. Was für ein Leben! Der Frieden selbst.

Ein kurzer Frieden, denn jetzt bekamen die Pferde die große Raserei. Nun weiß jeder Mensch, der ein Pferd auf die Koppel bringt, daß es irgendwann, wenn es eine Weile gefressen hat, sich seiner Freiheit bewußt wird und mal ein bißchen rennen will. Und wenn sie zu zweit sind, wird es meist ein ziemlich wildes Unternehmen, denn einer steckt den anderen an. Na ja, das konnte uns nicht weiter beunruhigen, das kannten wir.

Womit wir nicht gerechnet hatten, war der Drahtzaun. Für gewöhnlich hat eine Koppel einen richtigen Koppelzaun, und der ist aus Holz, dick und braun und deutlich sichtbar. Der Drahtzaun war für unsere Pferde nicht vorhanden. Mit offenem Mund sahen wir zu, wie zuerst das sanfte Püppchen mit einem gewaltigen Drive den Draht zerriß, Janos hinterher, und weg waren sie.

Dümmere Gesichter als die der zurückgebliebenen Reitersdamen wird man wohl selten gesehen haben. Experten werden jetzt wieder sagen: reichlich bescheuert. Man zieht ein Pferd nicht ganz aus, wenn man es auf die Koppel läßt, man legt ihm wenigstens ein Halfter an. Und an diesem Halfter führt man es einmal um die ganze Koppel herum und zeigt ihm die Begrenzung dieser Welt, die es jetzt zur Verfügung hat. Heute weiß ich das auch. Damals wußte ich es nicht.

Die Pferde waren weg, wir saßen wie versteinert im Gras, mein erster Ausruf lautete: Ich häng mich auf!

Denn ich habe ein Katastrophenhirn und male mir immer die schlimmsten Dinge aus. Ich sah den Waldweg vor mir, auf dem wir heraufgeritten waren, und auf dem wohl jetzt die Wörishofer Kurgäste, von ihrem Mittagsschlaf auferstanden, friedlich spazierenwandelten. Ich sah die Autostraße unten im Tal, ich sah die Bahnlinie, die von Wörishofen nach Türkheim führt. Furchtbare Dinge mußten geschehen.

Nach einer Weile rafften wir uns auf, ich griff mir das Zaumzeug von Janos, das andere Zaumzeug blieb in der Verwirrung liegen, auch die Sättel und die Kamera. Mit hängenden Schultern latschten wir durch den Wald abwärts. Unterwegs trafen wir, wie vorausgesehen, die

Kurgäste. Sie sahen uns in unseren Reitstiefeln, zählten zwei und zwei zusammen und berichteten vergnügt, daß da vorhin zwei Pferde vorbeigerast seien, ein braunes und ein blondes, grad eilig hätten sie's gehabt, ihnen, den Kurgästen, wäre es gerade noch gelungen, in letzter Sekunde zur Seite zu springen. Immerhin — keiner verfluchte uns oder rief nach der Polizei. Wir machten wohl zu jammervolle Gesichter. Laufenderweise zog sich der Weg ein ganzes Stück hin, den wir vorhin so mühelos entlanggeritten waren. Auch läuft es sich in Reitstiefeln nicht besonders gut. Schließlich kamen wir aus dem Wald heraus, gingen das letzte Stück des Hügels hinunter und sahen vor uns die Ebene, die Wiesen, die Felder.

Und dort weit hinten, ziemlich nahe am Ort, mitten auf einer saftigen grünen Wiese, waren die beiden Flüchtlinge und grasten friedlich nebeneinander, dicht bei dicht. Auf einer fremden Wiese, die irgend jemand gehörte, und auf der zu grasen nicht jedermann das Recht hatte. Aber das kümmerte die beiden nicht.

Als wir vorsichtig näher kamen, entdeckten wir einen Kurgast, der mit seinem Fotoapparat im Gras kniete und begeistert knipste.

»Sind die nicht goldig?« rief er uns zu.

Na ja! Darüber konnte man geteilter Meinung sein. Wie gesagt, wir hatten nur *eine* Trense dabei. Wir näherten uns behutsam, unter freundlichem Zureden den Ausreißern, und sie waren auch ganz vernünftig, vielleicht auch ganz froh, uns wiederzusehen, denn die große Freiheit hat auch ihre großen Unsicherheiten, und Janos ließ sich ohne Schwierigkeiten das Zaumzeug überstreifen. So. Einen hatten wir mal.

Ich sagte: »Wenn wir ihn haben, bleibt die Stute da. Allein läuft die nicht weg.«

Was uns erstaunte, war die Tatsache, daß die Pferde nicht in den Stall zurückgelaufen waren. Aber es lag wohl daran, daß wir diesen Weg zum erstenmal mit ihnen gegangen waren, er macht ein paar Kurven, und vor allem führt er über eine Brücke, und die Brücke hatten sie wohl verfehlt. Darum waren sie so nahe vor den Ort gelangt. Aber Gott sei Dank waren sie nicht auf der Kurpromenade gelandet. Janos vorneweg, am Zügel geführt, ich hinterher, Püppchen einfach in die Mähne gegriffen, so kletterten wir wieder hügelan, durch den Wald bis zu unserer Koppel, wo wir die Pferde schleunigst aufsattelten.

Ein paar Schrammen hatten sie auch davongetragen, Püppchen die meisten, denn sie war zuerst durch den Zaun gebrochen. Dann saßen wir auf und nahmen zum viertenmal den Weg unter die Füße.

»Wenn ihr zu blöd seid, in Ruhe euer Gras zu fressen«, erklärte ich den beiden, »dann laßt ihr es eben bleiben. Dann ist nichts mehr mit grasen, ihr Knallköppe.« Aber ich war erleichtert, daß nichts passiert war. Kein Mensch kann sich vorstellen, wie erleichtert ich war.

Sonst läßt sich eigentlich über diesen ersten Urlaub mit Janos nichts Ungewöhnliches mehr berichten. Wir verstanden uns von Tag zu Tag besser, er war leicht zu reiten, er ging herrlich vorwärts, war auch mutig, hörte nun schon sehr aufmerksam auf meine Stimme, und müde wurde er überhaupt nicht. Manchmal waren wir drei oder vier Stunden unterwegs, das war ihm gerade recht.

Ich reite furchtbar gern so kreuz und quer durch eine fremde Gegend, ich habe einen guten Orientierungssinn und komme meist dahin, wo ich mir vorgestellt habe, hinzukommen, und finde auch wieder den Weg zurück. Wenn es mal nicht klappt, liegt es nicht an mir, sondern an den Wegverhältnissen. Manchmal gibt es in diesem Gelände in einer gewissen Richtung Sumpfstellen im Wald, und das scheuen Roß und Reiter sehr. Die umreitet man besser in großem Bogen, und wenn das nicht geht, sollte man lieber umkehren.

Püppchen war längst nach München zurückgekehrt, aber ich konnte mich noch immer nicht trennen. Es wurde Herbst, die Felder waren alle leer, zum großen Teil schon wieder gepflügt, die Wiesen zum letzten Mal gemäht, die Bäume färbten sich, die ersten Blätter kamen herabgesegelt, die Luft war hell und durchsichtig, und morgens lag manchmal schon weißer Nebel über den Wiesen.

Im Wald ist es still. Märchenstill. Der weiche Boden verschluckt den Schritt meines Pferdes, es hebt die Beine vorsichtig über die Wurzeln, das hat Janos nun gelernt, er windet sich in einer Art Slalom um die Baumstämme herum. Das lieben alle Pferde — im Wald zwischen den Stämmen zu gehen. Wir kommen auf eine Lichtung, kaum drei Meter entfernt stehen ein paar Rehe, sie äugen ohne Scheu zu uns herüber, rühren sich nicht. Sie kennen uns, wir kennen sie. Rehe fürchten sich nie vor einem Pferd. Am Rand des schmalen Pfades wachsen Brombeerbüsche, oh, die mag Janos, wir bleiben eine Weile stehen und er nascht darin herum. Keine Bremsen mehr, die ihn quälen, kaum noch Fliegen.

Und kein Mensch. Weit und breit kein Mensch. Ganz selten trifft man mal einen, der Pilze sammelt.

»Grüß Gott«, sagte ich. »Na, wie ist es? Schon viel gefunden?«

»Geht so. Ist zu trocken heuer.«

Wieder ein Stück stiller lebendiger Wald. Jetzt kommt die Schneise, die wir überqueren, aber auch entlanggaloppieren können, denn inmitten führt ein kleiner Trampelpfad, der ist erprobt. Keine Löcher, keine Steine, nur ein paar Baumstämme, über die springen wir hinweg, das kennt der Janos schon, macht er elegant, ganz von selbst.

Und nun, wie weiter? Was meinst du?

Wir können die kleine Straße überqueren und nach Süden reiten, drüben ist auch noch viel schöner Wald. Dann kommen wir hinaus auf die Felder, wir können nach Osten gehen, vielleicht sind noch ein paar Stoppeln übrig. Sonst finden wir ein paar Wiesenränder, die sich wunderbar galoppieren lassen. Es ist ja nicht mehr heiß, keine Bremsen, die Kühe kennen uns, wir kennen sie. Da vorn, das weißt du ja, sind die Jungtiere, die hopsen immer wieder wie die übermütigen Kinder am Draht entlang, wenn wir entlangtraben, kennst du doch, nicht?

Janos kennt sie. Sie stören ihn nicht, er hat sich an sie gewöhnt. Manchmal lasse ich ihn eine Weile da stehen und über den Draht die Kühe beschnuppern. Sind auch Tiere, nicht? Liebe Tiere. Sieh mal, was sie für gute Gesichter haben. Mutschikutschi sind das. Mutschikutschi, sagte ich, ehrlich wahr. Macht ja nichts, es hört uns ja keiner. Er kennt das Wort. Mutschikutschi sind auch Tiere, nur eben anders. Aber keine Feinde.

Also, wie ist es, Genosse Polanski, gen Osten? Wollen wir hinunterreiten bis zur Wertach und eben mal die Füße ins Wasser stecken? Oder hinauf auf den Damm, am Stausee entlang? Das ist überhaupt mit das Schönste an Weg, was es gibt. (Damals durfte man noch hinauf, heute nicht mehr.) Das erstemal hat er gescheut, als wir da hinaufreiten wollten. Es geht ziemlich steil hinauf, und er sah zuerst die Masten der Segelboote, die da vertäut liegen, und das Glitzern des Wassers, das erschien ihm nicht ganz geheuer. Es brauchte langes geduldiges Zureden, bis wir oben waren. Immer zwei Schritte vor und einen zurück. Dann wieder drei zurück. Noch mal das Ganze von vorn.

Schau,Janos. Wasser ist das. Und das sind Boote. Kein Mensch weit und breit. Komm, glaub dem Frauchen, das ist nichts Böses. Na, komm, sei ein braver Junge. Nei-en. Hinauf, nicht hinunter. Na, komm. Siehst du! So bist du brav. Ein braver großer Junge.

Wir waren oben. Ich lasse ihm Zeit, das Wasser zu beäugen, und dann gehen wir langsam im Schritt auf dem Damm entlang, ein paar Enten schwimmen da unten, und es ist still. Ganz still.

So sieht die Welt aus, die man lieben kann.

Manchmal lasse ich ihn den Weg wählen, den er gehen will. Er hat so ein paar Lieblingsstrecken. Zum Beispiel den Wiesenweg am Waldrand entlang in Richtung Schlingen. Rechts der Wald, links die Felder. Der Weg ist weich, er federt geradezu. Ein bißchen Trab, jetzt Galopp. Keine Menschenseele weit und breit. Manchmal steige ich ab und lasse ihn da ein wenig grasen. Gras am Waldrand, ob es jemand gehört? Gemäht wird es nie, es ist wohl Wegerecht, daß mein Pferd ein paar Maul davon abzupft. Dann können wir hineinreiten in den Wald, ein paar weiche Wege führen durch, hier geht nie einer spazieren, warum, weiß ich nicht. Und wenn wir dann einen Bogen nach rechts schlagen, können wir auf Feldwegen, meist auch weich und grasbewachsen, in gerader Linie und flottem Trab bis nach Hause reiten, das dauert eine knappe halbe Stunde. Wir können auch weiter in Richtung Süden, durch die Pappelallee, die bis nach Schlingen führt. Es fällt immer schwer, umzukehren. Ein Tag ist schöner als der andere.

Die Bauern, die auf den Feldern arbeiten, hier und da,

kennen uns. Ich grüße sie. Sie mögen mein schönes Pferd. Im zweiten, dritten, vierten Jahr, jeden Herbst, wenn ich wiederkomme, erkennen sie ihn wieder. Er ist ungewöhnlich, er fällt auf. Manche stellen den Traktor ab, wenn ich in die Nähe komme. Manche kommen sogar heran und wollen das Pferd streicheln. Dann reden wir ein paar Worte miteinander. Wie es so geht, wie die Ernte war. Sie haben die Wiese schon gemäht, darf ich mal drüber galoppieren? Die Bauern nicken.

Nur zweimal in all den Jahren habe ich einen unfreundlichen, schimpfenden Bauern erlebt. Nur zweimal in sieben Jahren. Beide Male haben sie mich zu Unrecht beschimpft. Ich bin sehr korrekt, ich tue nichts, was sie ärgern könnte. Aber manche sind eben so. Zu Pferden haben sie kaum mehr Beziehung, anders als in Norddeutschland, wo viele Bauern selbst reiten.

Aber ich finde, sie sollten die Pferde nicht hassen. Jahrhundertelang hätten sie ohne Pferd nicht arbeiten können. Heute haben sie die Maschinen, laute, häßliche Maschinen, Pferde brauchen sie nicht mehr. Aber sie sollten sie nicht hassen.

Ich erlebte eine häßliche Szene, als ich meinen ersten Pferdeurlaub mit Loni am Tegernsee verbrachte. In Kaltenbrunn. Ein schöner Stall, ich wohnte damals in Gmund. Aber das Reitgelände ist nicht ideal, man mußte sich immer sehr mühselig seinen Weg suchen.

Einmal war vor mir ein Bauer am Rand seines Feldes entlanggefahren, mit einem Traktor. Der Traktor hatte tiefe Spuren im Boden hinterlassen. Logisch wie ich bin, dachte ich mir, daß es ja nun wirklich nichts ausmachen könne, wenn nun auf diesem sowieso zerstörten Boden ein Pferd noch entlangtrabte. Himmel! Der Bauer hat mich bald in der Luft zerrissen.

Die Bauern in und um Wörishofen herum sind nicht so. Ich habe, bis auf zwei, keine schlechten Erfahrungen mit ihnen gemacht.

»Seid's wieder da«, sagte einer, als er uns im nächsten Jahr zum erstenmal sah, kam heran und strich Janos über den Hals. Einer brachte mir von den eben geernteten Rüben einen Sack in den Stall. Gratis. Wenn man mit Verstand reitet, nicht durch hohes Gras, nur am Rand gemähter Wiesen, und nie bei nassem Boden, keine Zäune beschädigt, und freundlich Grüß Gott sagt, also, glaubt mir, Freunde, das geht.

Nur wenn sie mit den Mähdreschern draußen sind, dann machen wir einen weiten Bogen um sie. Vor denen graule ich mich auch, ich kann es meinem Pferd nicht verdenken, wenn es vor diesen Ungetümen scheut. Aber das ist immer nur eine kurze Zeit. Schade ist, daß die Stoppelfelder so schnell umgepflügt werden. Das Schönste ist eine gemähte Wiese, das zweitschönste ein Stoppelfeld, um darüber zu galoppieren. Die Bauern sehen dabei gern zu. Irgendwie, im Grunde ihres Herzens, gefällt es ihnen doch.

So kann man zu einer gewissen Zeit in einem Rutsch vom Waldrand bis hinüber nach Irsingen galoppieren. Wenn alle Felder abgeerntet sind, dann ist das eine beachtliche Strecke. Dazwischen kommt mal ein Feldweg, den man überqueren muß.

»Paß auf!« rufe ich Janos zu.

Halt die Klappe, denkt er. Ich weiß das selber.

Er bremst kurz ab vor dem Weg, geht langsam darüber, legt dann wieder los. Er macht das so großartig, ich könnte ihn glatt allein spazierenschicken.

Großer Gott, schon Oktober! Ich muß, ich muß, ich muß nach München zurück. Die Schreibmaschine habe ich zwar dabei, aber was ich geschrieben habe, ist gleich null.

Aufstehen, frühstücken, in den Stall radeln, reiten. Reiten, reiten, reiten. Ach, Cornet, du wußtest, was das bedeutet. Über mir der weite Himmel, früh ist es noch trüb, Herbstnebel, auf einmal ist er blau, und diese Sonne scheint jeden Tag. Es ist nicht mehr heiß, es ist gerade so angenehm.

Wenn das Pferd in der Box ist und seinen Hafer verspeist, garniert mit ein paar Mohrrüben oder Äpfeln, schwingt sich Frauchen wieder aufs Rad und fährt ins Hotel zurück. Baden oder duschen, Mittag essen. Mittagsschlaf? Nö, schade um die schöne Zeit. Lieber schwimmen gehen. Oder spazierengehn. Oder auf dem Balkon liegen und lesen. Vielleicht mal nachdenken, was in dem nächsten Buch stehen soll. Dann einen Drink bei Angelo an der Bar.

Anruf aus München: Kommst du eigentlich gar nicht mehr nach Hause?

Doch, bald. Ganz demnächst. Nächste Woche. Das Wetter ist so schön.

So gut möchte ich es auch mal haben. Andere Leute müssen arbeiten.

Ich arbeite ja auch. Ich denke pausenlos nach.

So siehst du aus.

Manchmal kommt auch Besuch. München ist ja nicht weit. Ein Freund, eine Freundin. Gleich mehrere eventuell.

Bruder mit Frau. Kinder vom Bruder. Mama.

»Du wirst dir das Genick brechen mit dem verrückten Gaul«, sagt sie.

»Er ist nicht verrückt. Er ist ein Schatz. So wie er jetzt ist, könnte ein Kind ihn reiten.«

Verleger kommt auch.

»Hör mal, liebes Kind, was ist mit dem neuen Buch?«

»Oh, das schreibe ich schon, keine Bange. Ich denke immerzu darüber nach.«

»Sehr schön. Also wovon handelt es?«

»Es handelt — na ja, so genau in den Einzelheiten weiß ich es auch noch nicht. Aber es wird gut, du wirst sehen. Alle meine Bücher sind gut. Oder?«

»Mm.« Er lacht. Er mag die Pferde auch. Es freut ihn, daß ich reite. Er fährt mit seinem Wagen an den Waldrand, setzt sich auf einen Baumstamm und wartet, bis ich angeritten komme. Im Galopp natürlich, ich muß ja ein bißchen angeben. Janos geht wie am Schnürchen, Kopf gesenkt, Hals gewölbt, in tadelloser Haltung.

Dann stehen wir, wie aus Erz.

»Ein Prachtkerl.«

»Kann man wohl sagen. Hast du keinen Zucker eingesteckt?«

»Zucker?«

»Na hör mal! Solche Jausenstationen haben wir gern.« Er sucht in seinen Taschen, hat natürlich nicht daran gedacht.

Ich grabe ein Zuckerpackerl aus meiner Tasche, gebe es ihm ganz heimlich, Janos soll denken, es kommt von ihm. Janos ist das wurscht, Hauptsache, er kriegt ihn.

Mein Bruder kommt. Nimmt mein Rad und fährt mit Fotoapparat ins Gelände. Will Bilder machen von mir und Janos. Pferde fotografieren ist nicht einfach. Pferd mit Reiter fotografieren sehr schwierig. Einmal hat das Pferd keinen Kopf, einmal ich. Manchmal sieht das Pferd aus, als hätte es vier linke Füße. Und manchmal ich, als sei ich der Dorfdepp von Hintertupfenhausen.

Manchmal ist die ganze Familie da. Im Hotel kennen sie das schon. Meine Familie ist lebhaft und recht amüsant. Die Kinder nett und gut erzogen. Mein Neffe Christian steht am Abend mit verklärtem Blick neben dem Zitherspieler, er liebt Musik über alles. Rundherum an den Tischen plaudern die Gäste, lachen, sind laut.

Christian dreht sich wütend um und schreit: »Seid doch mal ruhig!« Damals war er fünf.

Der Verleger hat entdeckt, daß Bad Wörishofen ganz entzückend ist. Er beschließt, in Zukunft hier Kur zu machen. Er macht das hinfort jedes Jahr. Tut ihm gut. Er wohnt in einem vornehmen Kurhotel, kneippt fleißig. Manchmal lädt er mich zum Essen ein. Und wenn es regnet, kann ich das Rad stehen lassen und habe einen Mercedes zur Verfügung. Er gibt die Hoffnung nie auf, daß ich eines Tages an meinem Schreibtisch, an meine Schreibmaschine in München zurückkehre und ein neues Buch schreibe.

Und was das Tollste dabei ist, ich tu' das wirklich. Aber der Abschied fällt jedesmal schwer. Der letzte Tag, wenn ich durch den Wald reite, und es ist so still, und die Welt ist so liebenswert. Diesen Weg noch einmal? Nein, lieber diesen.

»Janos! Wir müssen nach Hause fahren. Wir können nicht ewig hier herumbummeln. Frauchen muß deinen Hafer verdienen.«

Janos versteht zwar schon vieles, was ich ihm erzähle, aber das nicht. Er weiß nicht, daß morgen der Transporter kommt, daß er verladen wird.

Er hat es gut in München. Auch eine schöne Wohnung, allerbeste Pflege. Der Englische Garten ist auch so übel nicht. Wenn man bedenkt, daß er mitten in der Stadt ist.

Aber dieser Wald! Diese Wiesen! Diese Luft!

War ich je in meinem Leben so glücklich? Mit meinem Pferd da draußen unter dem weiten Himmel, in der Freiheit, in der Stille.

Die ganze Welt könnt ihr mir schenken, alle fernen Länder, den teuersten High-Society-Klimbim, alles, alles. Ich kann meinen Spaß daran haben — durchaus, kann ich, habe ich. Aber glücklich — glücklich bin ich dort draußen gewesen, mit Janos in den Wäldern und auf den Wiesen von Bad Wörishofen. Ich liege manchmal abends im Bett und denke daran, reite die vertrauten Wege, sehe alles genau vor mir, rieche es, fühle es in mir. Und höre die Stille.

Ach, Janiboy, schöner Freund aus Polen, wie hast du mich glücklich gemacht!

Der Englische Garten

Als ich von meinem ersten Urlaub mit Janos in die Stadt zurückkehrte, fühlte ich mich wie ein Sieger. Das sollte mir erst einmal einer nachmachen — mit einem jungen, noch unberechenbaren Pferd wochenlang im freien Gelände zu reiten; und daß der Anfang so schwierig gewesen war, erhöhte noch den Wert und Erfolg der zweiten Urlaubshälfte. Nun würde ich denen in München mal zeigen, was ich alles mit meinem schönen Polen anfangen konnte! Denkste!

Zunächst blamierte ich mich wieder einmal. Ich sagte schon — Pferde sind Beamte. Sie reagieren außerordentlich ungnädig auf jede Veränderung ihres täglichen Rhythmus. Nun war er also Gott sei Dank im Stall in Wörishofen heimisch geworden — ich war fast zwei Monate weg gewesen —, hatte sich mit Pferden und Menschen zuletzt dort aufs beste vertragen. Die Strafversetzung, angebunden in einen »Stand«, war zurückgenommen worden, Janos hatte wieder eine richtige Box, er hatte sich wohlgefühlt in der freien Natur, und nun kam alles wieder anders. Die Verladung, die Reise, andere Pferde, andere Menschen, andere Stimmen. Kurz und gut, als ich ihn am Tag nach der Rückkehr das erstemal reiten wollte, wurde es ein Fiasko.

Unglücklicherweise regnete es auch noch. Wir konnten uns nicht in den Englischen Garten verdrücken, sondern mußten in die Bahn, die am ersten Tag obendrein noch ziemlich voll war, eben weil das Wetter so schlecht war.

Zunächst störte mich das weiter nicht, siegesgewiß bestieg ich das mir inzwischen so vertraut gewordene Pferd und wollte allen mal zeigen, wie es geritten werden mußte. Zehn Minuten später stieg ich wieder ab.

Die Reitbahn, die dicke Luft darin, der Betrieb — Janos benahm sich wie ein Teufel. Er buckelte und stieg, war die Widerspenstigkeit in Person.

Nun ist es so: Wenn man von einem Urlaub dieser Art zurückkommt, sind alle anderen zunächst einmal skeptisch. Wie wird das Pferd aussehen? Halb verhungert? Schlecht gepflegt? Total verritten? Der Reitlehrer, selbst neugierig, was wir zu bieten hatten, stand am Eingang der Reitbahn und sah uns zu. Er erlebte den Triumph, daß ich Janos gleich wieder an ihn abgab. Ach, und wie sie sich hinter der Scheibe freuten! Sie hatten es ja gleich gesagt, daß das nicht gutgehen würde, daß ich dieses Pferd nie würde reiten können. Hatten sie es nicht gesagt? Na also! Sieg der Experten auf der ganzen Linie.

Aber nur einen Tag lang. Am nächsten Tag schien die Sonne wieder, ich begab mich in den Englischen Garten, weit weg von kritischen Augen, und siehe da, es ging recht gut. Janos hatte sich schon wieder etwas eingewöhnt, fremd war ihm ja die Umgebung nicht, und der Umgang mit Erich, dem vertrauten Stallmeister, dessen besonnene Ruhe sich auf jedes Pferd überträgt, hatte das übrige dazu getan, daß wir ziemlich friedlich im Herbstsonnenschein hinaustrabten. Es gab auf dem Ritt eigentlich nur einen kleinen Zwischenfall, das war draußen am Ende des Englischen Gartens, im sogenannten Aumeister-Wäldchen, das ich umritten hatte, um nun wieder in Richtung Heimat einzuschwenken. Da wurde Janos bockig.

Fing an zu tänzeln, zu buckeln und Fisimatenten zu machen. Er wollte nicht nach Hause. So ein läppischer Ritt von einer Stunde, und dann gleich wieder in den Stall, das paßte ihm nicht. Er wurde störrisch und gehorchte mir nicht.

»Hör zu, mein Freund«, sagte ich, »kein Mensch kann das ganze Jahr lang Ferien machen. Auch ein Pferd kann das nicht. Sag mir bloß, was dir eigentlich abgeht? Alle freuen sich, daß du wieder da bist, du hast eine prima Wohnung, gut zu essen, und bitte nimm zur Kenntnis, das bezahle ich. Ich jedenfalls muß wieder arbeiten, sonst gibt es für dich keinen Hafer mehr. Ist das klar? Du hast ein echtes Schokoladenleben, und zum Dank dafür bist du unverschämt. Und nun bitte benimm dich wie ein erwachsenes Pferd!«

Das tat er noch eine ganze Weile nicht. Er hampelte herum, buckelnd bewegten wir uns durch die Gegend, bis mich die Wut packte. (Das Komische an mir ist, ich reite am besten, wenn ich wütend bin. Dann bin ich endlich so energisch, wie ich es sonst nie fertigbringe.)

Ich nahm ihn kurz, brüllte ihn an: »Verdammter Mistbock! Du darfst nie mehr mit mir in Urlaub fahren, daß du es weißt!« Und verbissen galoppierten wir heimwärts. Aber das passierte nur ein einzigesmal. Und nun mal genau und mit Menschenverstand betrachtet: Was hatte denn das Pferd an diesem und am Tag zuvor anderes getan, als auf seine Art, in seiner Sprache, mitzuteilen, was es empfand? Daß es den Wechsel seiner Lebensumstände verabscheute und sich unglücklich fühlte? Wie sonst soll er es denn ausdrücken?

Der Herbst war mild, schön und sonnig, wie meist in Bayern, wir konnten ausreiten bis Anfang Dezember. Und in all den Wochen hatte ich ein liebes, braves, zuverlässiges Pferd, nun wieder ganz einverstanden mit sich, mit mir, mit der Umwelt. Und je länger ein Ritt dauerte, desto besser gefiel es Janos.

Experten werden sagen: Alle Pferde haben Stalldrang. Alle Pferde wollen möglichst schnell wieder nach Hause. Darauf kann ich mit allem Nachdruck — denn in diesem Punkt betrachte ich mich ausnahmsweise auch mal als Experten — antworten: meine Pferde nicht!

Meine Pferde gehen furchtbar gern spazieren, und sie kehren ungern zurück. Auch der junge Hannoveraner, den ich jetzt habe — er ist im Charakter ganz anders als Janos —, liebt nichts auf der Welt so sehr wie draußen zu sein. Und wenn man die Kurve nimmt, die heimwärts führt, gibt er deutlich zu verstehen, daß er das eigentlich gar nicht möchte. Und läßt man ihn machen, was er will, findet er einen Weg nach rechts oder links, nach hierhin oder dorthin, nur um länger draußen zu bleiben, und was ihn noch lange nicht interessiert, ist der Weg, der nach Hause führt. Dafür habe ich einen Zeugen. Denn auch meine Reiterfreundin Laetitia, die alle meine Pferde geritten hat, machte und macht dieselben Erfahrungen. Sie erzählte mir unlängst wieder von dem Kleinen, Babyface genannt: Also weißt du, nach Hause wollte er heute wieder mal überhaupt nicht. Weißt du, wo er partout hinwollte? Zu den Badewannen. — Badewannen im Englischen Garten? werden Sie fragen.

Na ja, es ist so, irgendwie muß man ja die Welt, in der man sich bewegt, benennen. Und der ganze Englische Garten, soweit er mir reitenderweise zur Verfügung steht, hat bei mir seine gewissen Stationen und Markierungspunkte. Irgendwie muß man sich auch treffen können, falls man mal ein Rendezvous zu Pferd hat.

Viele Menschen, auch echte Münchner, kennen den

Englischen Garten nur sehr unvollständig. Da ist zum Beispiel erstmal der vordere Teil, das ist die Partie zwischen der Prinzregentenstraße, also unmittelbar an die Innenstadt grenzend, bis zum sogenannten Seehaus am Kleinhesseloher See. (Das Seehaus, ein sehr hübsches Restaurant, hat man leider inzwischen abgerissen. Angeblich war es baufällig, obwohl es gar nicht so aussah. Mit dem Abreißen hübscher alter Häuser ist man heute schnell zur Hand. Mich macht es jedesmal wütend. Und das neue Restaurant, obwohl immer wieder angekündigt, wurde bisher noch nicht gebaut.)

In diesem vorderen Teil kann man auch reiten. Es gibt da die große Ellipse hinter dem Haus der Kunst, von uns »Kunstwiese« genannt, aber für richtige Reiter ist das kalter Kaffee. Dort geht man höchstens mal hin, wenn das Wetter sehr ungemütlich ist und man sich nicht zu weit vom Stall entfernen will. Der richtige Englische Garten beginnt für uns bei der Hirschau. Die Hirschau ist ein stimmungsvolles, nicht gerade elegantes Gasthaus mit großem Garten, viel älter als das abgerissene Seehaus, und liegt hinter dem sogenannten Mittleren Ring, einer schrecklich befahrenen widerlichen Autostraße, die wir aber dank einer Unterführung mühelos überwinden können. (Unterwinden müßte es eigentlich heißen.) Die Pferde hopsen zwar manchmal etwas nervös, wenn große Laster über uns hinwegdonnern, aber das geht schnell vorüber, sie haben sich daran gewöhnt. Dahinter kommt man dann in eine relativ ruhige, fast natürliche Landschaft. Es gibt dort wirklich schöne Reitwege. Das heißt, sie wären schön, wenn der Belag etwas besser wäre. Als ich meine Reiterlaufbahn in München begann, waren die Wege recht gut gepflegt. Heute werden sie leider sehr vernachlässigt, und so gibt es eigentlich nur zwei Möglichkeiten: Entweder ist das Wetter schön und trocken, dann sind die Wege hart und man muß Schritt reiten oder auf verbotene Wiesenränder ausweichen. Oder es hat tüchtig geregnet, dann sind die Wege zwar etwas weicher, aber Roß und Reiter sehen aus wie die Schweine, von oben bis unten mit Dreck bespritzt. Wohlgemerkt: Ich liebe den Englischen Garten und bin dem Himmel, dem Grafen Rumford und Friedrich Ludwig Sckell von Herzen dankbar, daß es ihn gibt. Ich frage mich nur, warum es nicht möglich sein soll, die Reitwege ein klein wenig besser zu halten im Interesse der Pferdebeine und ihrer Gesundheit. Die Reiter wären sogar willens und bereit, dafür zu zahlen, denn jedem liegt die Gesundheit seines Tieres am Herzen. Aber wenn die Englische-Garten-Verwaltung sich wirklich einmal dazu aufschwingt, was höchstens alle fünf Jahre einmal vorkommt, neuen Belag für die Wege heranzukarren, dann sind es meistens Steine. Und wissen Sie, was Steine für Pferdebeine bedeuten?

Wir von der Universitätsreitschule haben uns schon manchmal an einem Sonntagnachmittag zusammengefunden, um auf dem sogenannten Gelben Weg, der an sich eine schöne lange Galoppstrecke darstellt, Steine zu klauben. Dann rutschen wir alle da auf den Knien herum: der Herr Direktor, der große Versicherungsboß, Frau Dr. med., Herr Dr. dent., Frau Professor, eine Schriftstellerin und alle anderen auch, die Angestellten, Sekretärinnen, die Hausfrauen und Studenten, die Jugendlichen und Kinder, alle, die wir eben da reiten wollen, und sammeln Steine und legen sie in sauberen Häufchen an den Rand des Reitweges. Was unsere Pferde nicht daran hindert, am nächsten Tag vor jedem Häufchen zu scheuen. Ich weiß wirklich nicht, warum es so wahnsinnig schwierig sein soll, statt der schweren Steine mal ein paar Lastwagen mit Sand zu befördern.

Aber davon abgesehen, man kann im Englischen Garten sehr schön reiten. Es gibt auch eine Wiese dort, die man uns großzügigerweise zur Verfügung gestellt hat, die von uns sogenannte »Galoppwiese«. Aber da nun schon einige Generationen Reiter darüber galoppiert sind, ist sie mittlerweile lebensgefährlich geworden, voller Löcher und Unebenheiten, und auch die Hindernisse, die dort stehen, reitet man besser nur bei sehr trockenem Wetter an, denn in den Matschlöchern, die sich davor und dahinter befinden, kann es Pferd und Reiter ganz schön hinhauen. Mein Vorschlag wäre, diese Wiese mal für einige Jahre stillzulegen, damit sie sich erholen kann, und eine andere Wiese freizugeben.

Nach der »Galoppwiese« teilen sich die Wege. Und zwar sind es drei. Wenn man wenig Zeit hat, kann man am sogenannten kleinen Dreieck umkehren, also da, wo sich zwei der drei Wege treffen, das ist meist der Kurs, wenn die Truppe ausreitet. Hat man mehr Zeit, reitet man bis zum Großen Dreieck. Und bei noch mehr Zeit bis zum Aumeister. Da hört der Englische Garten auf.

Dazwischen gibt es eine wunderschöne Partie entlang der Isar, die Birkenau, von uns auch Liegewiese genannt, weil dort an schönen Sommersonntagen ganze Familien lagern. Ihren Rand säumt ein Reitweg, und mittendurch, als eine Art Gewohnheitsrecht, führt eine schmale Reitspur. Im Herbst, wenn die Wiesen frei sind, konnte man auch quer über eine große lange herrliche Wiese galoppieren, die eine wahre Wonne war.

War, sagte ich. Denn heute kann man das nicht mehr. Leider hat sich auch in den letzten Jahren im Englischen Garten, genau wie anderswo, eine Überpopulation der

Maulwürfe entwickelt. Es gibt eigentlich gar keine normale Wiese mehr, es gibt nur noch Flächen, die dicht an dicht von braunen Maulwurfshügeln besetzt sind. Dort zu reiten ist sehr gefährlich. Das ist so ähnlich wie die Mäuseüberpopulation, die ich in den letzten Jahren in Wörishofen beobachten konnte. Der ganze Boden ist unterminiert, und man hat das Gefühl, bei jedem Schritt einzubrechen. Ob nun die warmen Winter daran schuld sind, wie manche sagen, oder die Vernichtung des Niederwildes als Folge der weitverbreiteten Tollwut, ich kann das nicht beurteilen. Vermutlich trifft beides zusammen. Aber über eine Wiese zu galoppieren, selbst wo es erlaubt ist, ist heute kaum mehr möglich.

So ist das auch bei der Fernsehwiese. Ja, die gibt es. Sollte doch keiner denken, wo der Englische Garten zu Ende ist, sei für den Reiter die Welt zu Ende. Da geht sie erst richtig los.

Und falls Sie nun, lieber Reiterfreund, ein geländegängiges Pferd haben und Zeit genug, sagen wir mal am Samstag oder am Sonntag, dann können Sie den Englischen Garten an seinem nördlichen Ende verlassen, entlang des Isarufers, wobei Sie durch drei Unterführungen müssen, zwei Straßen und eine Bahnlinie, was nicht immer ganz gemütlich ist, oder aber beim wunderschön gelegenen Altmünchner Gartenrestaurant Aumeister, wo Sie zwei Unterführungen haben und eine Straße überqueren müssen. Und dann sind Sie auf freier Wildbahn.

Das heißt, reiten Sie beim Aumeister hinaus, kommt erst mal die Fernsehwiese.

Die heißt bei uns Reitern so, weil an ihrem Ende das Fernsehgelände Freimann beginnt. Nun steht allerdings nirgends verbrieft oder versiegelt, daß die Reiter über diese Wiese galoppieren dürfen. Aber es gab mal einen pferdefreundlichen Intendanten des Bayerischen Fernsehens, der drückte da ein Auge zu, und wenn die Wiese gemäht war und der Boden trocken, war das eine herrliche Galoppstrecke. Heute könnte das kein Mensch mehr wagen, denn auch hier ist ein Paradies für Maulwürfe entstanden. Aber dennoch ist das Gelände hier draußen, also nördlich des Englischen Gartens und links der Isar in Richtung Garching, ein wunderbares Reitgelände. Freie unberührte Natur, kleine Trampelpfade, die sich durch Busch und Wald schlängeln, was die Pferde so lieben. Später kommen lange gepflegte Sandwege, mit richtig weichem Sand, auf denen es sich herrlich galoppieren läßt.

Halt! Ich habe eben die Gegenwart benutzt. Ich muß leider wieder in die Vergangenheit überwechseln. Es gab diese schönen Sandwege, auf denen man galoppieren konnte. Es gibt sie für uns seit einiger Zeit nicht mehr. Mögen auch Paradiese für Maulwürfe entstanden sein, Paradiese für Menschen und erst recht für Reiter werden auf dieser Erde immer seltener. Denn hier, durch diese stillen, unberührten Isarauen, baut man eine große, dicke, breite Autostraße.

Als ich zum erstenmal sah, was da unvermeidlicherweise passierte, hätte ich am liebsten vor Wut geheult. Der Wald zum Teil gerodet, zum Teil niedergebrannt, die Stille zerstört, die Wiesen umgepflügt, die Waldtiere vertrieben: eine riesige, wüste, häßliche Baustelle war da entstanden.

Früher konnten wir drei und vier Stunden reiten, heute endet der Ritt nach einer Stunde. Sicher wird eines Tages die Straße fertig sein, mag auch sein, daß es für uns, falls die Stadtväter gnädig sind, wieder eine Unterführung gibt, damit wir den Anschluß an das dahinter liegende Land gewinnen können, aber es wird nie mehr das sein, was es einmal war. Jeder, der es gekannt hat, wird es bestätigen: Es war dicht am Rand der Großstadt ein Stück freier, unberührter Natur; es gab dort stille Schneisen, kleine Wasserläufe, schmale Wege durch dunkelgrünen Nadelwald und durch herrlichen Laubwald, es gab freilebende Tiere, und es gab den endlos sich hinziehenden Wanderweg auf dem Hochufer der Isar; zu Fuß, zu Pferd, zu Rad — wir hatten alle Platz dort. Es kamen sowieso nur Kenner dorthin. Aber dieses Paradies ist nun zerstört, wie so viele Paradiese in unserer arm gewordenen Welt unsinnig zerstört werden zugunsten des stinkenden Blechidols, das die Menschen von heute scheinbar so glücklich macht und sie letzten Endes nur versklavt. Ich verstehe es nicht, habe es nie verstanden und werde es nie verstehen.

Zu Janos' Zeiten war die Welt da draußen noch in Ordnung. Janos ging immer sehr gern »hinten hinaus«, wie wir das nennen. Er fand es interessant, schwenkte eifrig seinen Popo um die Kurven der kleinen Pfade, galoppierte begeistert, wo es sich galoppieren ließ, ging mühelos über die kleinen Hindernisse, die hier und da im Wege standen, stapfte durch die Wasserläufe, ins Wasser geht er überhaupt gern, und schritt mit langen Schritten am langen Zügel auf den schattigen Waldwegen fürbaß.

Manchmal, wenn ich allein war mit ihm, habe ich drauflos gesungen. Das hatte er gern. Seine Ohren gingen dann vor und zurück, vor und zurück. Wir waren beide glücklich und gelöst. Wir waren beide mit unserem Leben einverstanden. Denn auch das merkt man einem Pferd deutlich an, ob es mit seinem Leben einverstanden ist. Ein Pferd sagt das so deutlich, wie es ein Mensch mit vielen Worten nicht deutlicher sagen kann.

Aber nun zurück in den Englischen Garten, das Stichwort war »Badewannen«. Bei denen war ich abgeschweift, weil ich erklären wollte, wie die verschiedenen Partien des Englischen Gartens ihren Namen bei uns haben. Es gibt da nämlich, am Ende des Englischen Gartens, kurz vor dem Aumeister, ein kleines Laubwaldstück, in dem sich ein See befindet, genauer gesagt, ein Weiher. Um ihn herum drapieren sich einige kleine Zuflüsse und Abflüsse, und davon haben einige eine Art kleiner Furt, also eine verbreiterte flache Stelle, durch die sich wunderbar hindurchplatschen läßt. Das lieben die Pferde, besonders im Sommer, wenn es heiß ist. Manchmal sind sie nahe dran, sich einfach hineinzusetzen, dann empfiehlt es sich, rasch durchzureiten, sonst nimmt man ein unfreiwilliges Bad. Hier so herumzuschlendern und an den mundgerecht angebotenen Ahornblättern zu zupfen (Ahorn muß besonders gut schmecken), ist für die Pferde ein besonderes Vergnügen.

Und sehr drollig ist es, zu beobachten, wenn man beispielsweise Ende Februar, Anfang März das erstemal wieder ausreiten kann, wie sie immer zu dieser Stelle streben und dann maßlos enttäuscht sind, daß es keine Blätter gibt. Sie probieren es morgen und übermorgen wieder. Immer noch keine Blätter?

»Janos, du Depp! Es ist gerade Anfang März. Vorige Woche lag noch Schnee. Und wenn wir Pech haben, liegt nächste Woche wieder welcher. Jetzt wächst doch nichts. Das dauert noch eine ganze Weile, bis es hier grün wird.« Janos schüttelt unwirsch den Kopf. Was soll das wohl für ein Wald sein, in dem keine Blätter wachsen? Wir haben noch ein paar andere Jausenstationen im Englischen Garten. So gibt es am äußeren Ende des Aumeister-Wäldchens eine sonnenbeschienene Ecke, in der die herrlichsten Disteln wachsen. Natürlich auch nicht im März. Aber irgendwann später. Disteln müssen auch gut schmecken, alle Pferde bleiben gern hier stehen und knabbern eine Weile. Und natürlich, wenn man so etwas einmal angefangen hat, dann kommt man nie ohne Frühstückspause hier vorbei.

Für ein kleines Schmankerl sind auch manchmal die Spaziergänger gut. Man kann sagen, achtzig Prozent der Spaziergänger im Englischen Garten betrachten die Pferde mit Wohlgefallen. An die sauren Mienen der anderen muß man sich gewöhnen; für die ist offenbar jeder Reiter ein hassenswerter Kapitalist. Aber die meisten Leute freuen sich, wenn sie Pferde sehen, und natürlich sind die Kinder restlos begeistert.

»Ui, Pferdi!« schreien sie und kommen angerannt. Gerade das aber mögen Pferde nicht. Ein Wesen, das rennt und ein Wesen, das schreit. Da scheuen sie. Also sage ich zu den Kindern: Ihr müßt immer langsam an ein Pferd herankommen, ihr dürft es nicht erschrecken. Und ihr dürft keinen Krach machen. Das Pferd hat Angst, es denkt, ihr wollt ihm was tun.

Janos steht ganz artig, die Kinder sind still. Sie fragen: Dürfen wir ihn streicheln?

Ich sage: Das dürft ihr. Aber nur vorn, am Hals. Ihr dürft niemals von hinten an ein Pferd herankommen, und wenn ihr sprecht, dann leise und ruhig.

Das tun die Kinder. Ich habe nie erlebt — nie, daß Kinder absichtlich oder ungezogen ein Pferd erschrecken. Dumm und ungezogen sind eigentlich immer nur die Großen, die einem gelegentlich hinterherblöken oder absichtlich Lärm machen, weil sie gern erleben möchten, wie ein Reiter auf die Nase fällt. Aber das passiert auch nur selten. Die Ablehnung, ja der Haß mancher Leute gegen Reiter ist mir nie ganz verständlich. Das ist irgendein so unausgegorenes, nicht zu Ende gedachtes Klassendenken nach dem Muster: Nur reiche Leute können reiten, das sind alles Angeber, die bilden sich ein, was Besonderes zu sein, widerliche Kapitalisten. So muß es in manchen Köpfen aussehen. Und dies im Zeitalter des Sports. Wo so viele Leute Skifahren, was durchaus kein billiges Unternehmen ist. Und Autofahren. Und Tennisspielen. All das kostet sein Geld, und man tut es, weil es einen freut und man sich eben gerade das leistet, oft unter Verzicht auf andere Dinge.

Aber Pferd und Reiter bieten eben ein stolzes Bild, und das ist es wohl, was manche Leute einfach nicht vertragen können. Das wirkt dann anscheinend aufreizend. Vermutlich auf Leute mit mangelndem Selbstbewußtsein, Leute mit Komplexen, so was in der Art muß es ja sein.

Ich weiß nun ganz genau, daß es am wenigsten richtig reiche Leute sind, die reiten. Und wenn, dann reiten sie nicht im Englischen Garten. Alle Leute, die bei uns reiten, haben einen Beruf, mal abgesehen von den wenigen Haus- und Ehefrauen, die auch dabei sind. Und nicht alle Leute, die reiten, haben Spitzenberufe. Es gibt genug kleine Angestellte darunter, die sich Zeit und Geld für ihr Pferd mühsam absparen, die sich keinen Pelzmantel, kein Auto und keine Reise leisten können, eben weil sie ein Pferd haben. Na und? Kann nicht jeder das tun, was ihm Freude macht? Natürlich gibt es auch Typen darunter, die einen reichen Vater haben, der einem jungen Menschen ein Pferd schenkt, während andere noch lange nicht daran denken können, ein eigenes Pferd zu besitzen. Aber andere bekommen von Papi ein Auto. Auch nicht selbst verdient. Das ist nun mal zur Zeit so, und ein richtiges Unglück ist es ja auch nicht, wenn es uns gut geht, oder?

Mit Janos ging es mir so, daß viele Leute ihn kannten. Er war nun mal ein besonders auffallender Typ. Und eitel war er auch, er mochte es gern, wenn er bewundert wurde. Wie oft sind wir fotografiert worden! Janos verstand es jedesmal, sich wie ein Fotomodell in Positur zu setzen.

Aber das Allerschönste war es, wenn ein Spaziergänger eine Tüte in der Hand hatte. Tüten kannte er von mir, denn ich komme meist mit einer Tüte voller gelber Rüben oder Äpfel oder trockenem Brot in den Stall. Oder, höchster aller Genüsse: Aprikosen. Aprikosen waren Janos' große Leidenschaft. Selbstverständlich machte ich zuerst den Kern heraus, das konnte er kaum abwarten, und dann verschlang er, falls er sie bekam, mühelos zwei oder drei Pfund Aprikosen. Und der Saft tropfte ihm aus beiden Mundwinkeln, grad schön war's.

Sah er also irgendwo einen Menschen mit einer Tüte spazierengehen, steuerte er zielbewußt auf ihn zu. Tüte? Da kann nur für mich was drin sein, und manchmal war sogar etwas für ihn drin. Manche Leute fütterten im Englischen Garten die Enten und die Vögel, und wenn sie Janos' neugierige Nase sahen, bekam er meist was ab. Manchmal fand sich auch unterwegs einer von meiner Familie ein, und die waren gehalten, immer ein bißchen Eßbares bei sich zu haben. Gelegentlich wurde auch eine Gabe unfreiwillig geliefert; so einmal auf dem Heimweg, gar nicht weit vom Stall entfernt, als wir im Schritt einen Platz mit einigen Bänken darauf überquerten. Da waren zwei Kinder, die das Pferd unbedingt aus der Nähe betrachten und streicheln wollten. Ich hielt an, sprach mit ihnen — und schnapp, hatte sich Janos elegant die Eiswaffel geholt, die der eine der Buben in der Hand hielt. Auf den Bänken ringsum Gelächter.

Ich hatte nicht einmal ein Geldstück, um den unfreiwilligen Spender zu entschädigen.

»Du bist reichlich unverschämt, mein Lieber«, erklärte ich Janos auf dem letzten Stück heimwärts. »So was ist Mundraub. Ich möchte wissen, was du sagst, wenn einer kommt und deinen Hafer mopst.«

Janos schüttelte unbeeindruckt sein schönes Haupt, das Eis hatte ihm geschmeckt, und so pingelig brauchte man ja auch nicht zu sein.

Eine der hübschesten Begegnungen im Englischen Garten, die ich je hatte, war die mit einer charmanten Dame. Sie war stehengeblieben, um Janos zu bewundern. Ich grüßte, und wir sprachen einige Worte miteinander, sie war Ausländerin, sie sprach ein recht gutes, nur leicht gebrochenes Deutsch. Und als ich sie fragte, wo sie herkäme, sagte sie, sie sei Polin.

»Oh«, sagte ich, »das ist ein Landsmann von Ihnen. Mein Pferd stammt auch aus Polen.«

Sie strich ihm zärtlich über den seidenglatten Hals, beugte sich nahe zu seinem Kopf und flüsterte ihm auf polnisch etwas zu.

»Was haben Sie zu ihm gesagt?« fragte ich.

»Ich habe gesagt: Ich liebe dich.«

Freizeit.

Freizeit mit Dame.

Bin ich nicht schön?

*Wieder heiß heute.
Na, denn prost!*

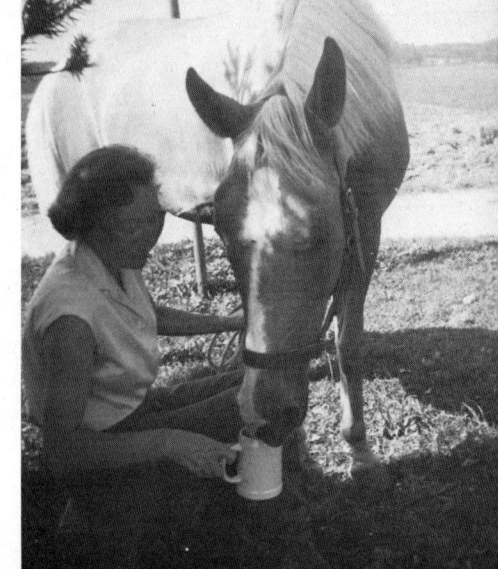

Sind Pferde dumm?

Der schönste Herbst geht einmal vorbei, und im Winter, wenn der Boden hart ist, sind Pferd und Reiter in die Reitbahn verdammt. So drücke ich es aus. Für viele Leute findet das Reiten überhaupt nur in der Bahn statt, Sommer und Winter. Sie machen sich nichts aus dem Ausreiten, oder, was gelegentlich auch vorkommt, sie haben Angst, mit ihrem Pferd ins Gelände zu gehen. Die vier Wände der Reitbahn bieten natürlich einen gewissen Schutz vor den Gefahren des freien Lebens. Was kann einem in der Bahn mehr passieren, als daß man im Sägemehl landet, sich ein bißchen geniert, sich abklopft und wieder aufsteigt. Die Welt draußen ist voller Gefahren, nicht nur für den Reiter, noch mehr für das Pferd.

Womit wir nun bei der unangenehmsten Eigenschaft des Pferdes angelangt wären: bei seiner Dummheit.

Ist es gerecht, das zu sagen? Dummheit ist ein relativer Begriff, genau wie Klugheit. Man kann immer nur Gleiches mit Gleichem vergleichen, nicht? Ein Mensch, der Gelegenheit hatte, sich zu bilden, ist natürlich klüger als einer, der nur die Volksschule besuchte. Und einer, der weit in der Welt herumgekommen ist, hat mehr erfahren als der, der nur zu Hause in Piepenhausen blieb. Was mit der natürlichen, angeborenen Intelligenz nichts zu tun hat. So kann ein Volksschulmensch weitaus intelligenter sein als ein Dr. Dr. h. c. Das gibt es auch.

So ist für mich als Mensch ein Hund ein weitaus klügeres Tier als ein Pferd. Er paßt sich viel mehr an den Menschen an, lebt sein Leben mit, übernimmt seine Gewohnheiten.

Die Dummheit des Pferdes beruht auf seiner Natur als Fluchttier. Pferde sind bekanntlich reine Pflanzenfresser, also keine Tiere, die sich von anderen Tieren ernähren, also keine Angreifer, keine Jäger. In freier Wildbahn, in der sie einst lebten, waren sie die Gejagten, von Raubtieren Verfolgten. Diejenigen also, die davonlaufen mußten.

Das steckt in ihnen drin, das kann man nicht ändern. Als sie frei lebten, lebten sie in der Herde, sie hatten ein Leittier, meist einen Hengst, der sie beschützte und sie warnte, und auf die Warnung folgte die Flucht.

Unser domestiziertes Pferd nun hat sich an vieles gewöhnen müssen. Zunächst an den Menschen, und heute auch an den Lärm der modernen Zeit, an Autos, an Flugzeuge, an Maschinen jeder Art.

Nein, sie haben sich eben nicht daran gewöhnt, sie werden sich nie daran gewöhnen. Sie erdulden es, aber sie haben Angst.

Das ist das Unberechenbare an einem Pferd, dem der Reiter ausgeliefert ist und dem er oft hilflos gegenübersteht. Es hat nichts mit Reitkunst zu tun, es ist eine Sache der Erfahrung und der Einfühlung, wie man sein Pferd dazu bringt, Vertrauen zu seinem Reiter zu haben und darum die Umwelt zu ertragen und im Augenblick der Gefahr seine Angst zu beherrschen und dem Reiter zu gehorchen. Das gelingt sehr oft, denn sonst könnte man nie mit einem Pferd ins Gelände gehen. Aber es gelingt durchaus nicht immer. Und das sind dann die Momente, in denen man nie genau weiß, was passiert und wie man mit dieser Situation fertig wird. Kommt hinzu, daß das, was das Pferd als gefährlich empfindet, worüber es erschrickt, oft reinweg läppisch ist und nicht die geringste Gefahr in sich birgt. So zum Beispiel, wenn nichts weiter geschieht, als daß ein winzig kleiner Vogel überraschend aus einem Busch auffliegt. Muß dieses große starke Tier darüber zu Tode erschrecken? Es muß nicht. Aber es tut es.

Und das ist dann der Augenblick, da der Mensch sagt: Gott, sind Pferde dumm!

Und was das Gehör betrifft: Pferde hören anders als wir, sie nehmen Geräusche vermutlich viel stärker auf. So, wie sie auch anders sehen. Man sagt, sie sähen alles siebenmal vergrößert als wir.

Wissen Sie es genau? Weiß ich es? Ich bin noch kein Pferd gewesen, ich habe keine Ahnung, wie sich die Welt in den Augen meines Pferdes spiegelt, wie sie in seinen Ohren dröhnt.

Nun gibt es aber auch beim Pferd, wie bei allen Lebewesen, vom Menschen sprachen wir schon, eine unterschiedliche, angeborene Intelligenz. Es gibt ganz besonders dumme, also ganz besonders ängstliche Pferde, und es gibt solche, die mutiger sind und die es vor allem lernen, die Erscheinungen ihrer Umwelt in ihr Leben einzuordnen.

Meine Erfahrung und meine Überzeugung gehen dahin, daß man ihnen dabei helfen kann, daß man ihnen dabei helfen muß. Und was nun immer Experten davon halten — ich habe immer mit meinen Pferden über die Gefahren gesprochen, soweit sie mir rechtzeitig sicht- und hörbar waren.

Ich mache es so, daß ich von Anfang an, wenn ich das erstemal mit einem neuen Pferd reite, ihm die Dinge, die es wissen und verstehen soll, zeige und benenne. Immer mit dem gleichen Wort.

Jedes Tier gewöhnt sich an gewisse Worte und verbindet damit bestimmte Vorstellungen.

Zum Beispiel: Da liegt ein großer dicker Stein mitten auf dem Weg. Keinem Pferdebein tut es gut, wenn es auf einen Stein tritt oder an einen Stein stößt, also sage ich scharf: Paß auf, Stein!

Berührt es nun wirklich den Stein mit seinem Huf, so bekommt es mit der Gerte einen leichten Schlag an jenes Bein, das auf den Stein getreten ist. Das passiert höchstens zwei- oder dreimal. Eine Weile sage ich nur noch: Stein! Später muß ich gar nichts mehr sagen, das Pferd hat kapiert, daß es den Stein vermeiden muß. Wenn man, so wie ich, viel im Wald reitet, wo der Boden oft von Wurzeln durchzogen ist, an denen ein Pferdebein leicht hängenbleiben oder worüber es stolpern kann, so muß man die Wurzeln auch in den Sprachunterricht aufnehmen. Mit einer gewissen Hemmung schreibe ich hier hin, daß ich dafür den Ausdruck ›Wurzel-purzel‹ gefunden habe. Alle meine Pferde kennen das Wort Wurzel-purzel, und alle meine Pferde steigen elegant und vorsichtig über einen noch so wurzeldurchfurchten Boden hinweg.

Nicht ungefährlich ist bei nassem Wetter eine Matschstelle auf dem Weg, besonders im Englischen Garten, wo es geradezu Lehmlöcher gibt und wo ich mich einmal mit Loni in vollem Galopp regelrecht überschlagen habe. Es ist uns beiden Gott sei Dank nichts passiert, aber ich hatte meine Lektion gelernt. Seitdem pariere ich Pferde rechtzeitig durch und warne sie gleichzeitig durch den Ausruf: »Baaz!« Das ist bayerisch, und heißt soviel wie Dreckbatzen, das Wort kennen sie, das verstehen sie, und nach einer Weile sind sie so clever, daß sie von selbst abbremsen.

»Paß auf!« bedeutet immer Aufmerksamkeit. Manch-

mal, wenn ich selber noch nicht weiß, was kommen könnte, verwende ich diesen Ausdruck, und das Pferd ist auf
alle Fälle vorgewarnt.

Dann gibt es das Wort »Leute«, etwas langgezogen
ausgesprochen, was sich auf jede Art erwachsener mensch-
licher Wesen bezieht, auch wenn sie einzeln auftreten. So
sage ich: »Paß auf, da kommt ein Leute«, wenn wir eine
Weile in größter Einsamkeit geritten sind und die Erscheinung unvermutet auftritt, etwa hinter einem Busch
versteckt, Pilze sammelnd oder auf einem Baum sitzend.

Eine Extrabezeichnung lautet: »Kinder.« Gesprochen
mit sehr hellem i. (Leider wirkt dies alles niedergeschrie-
ben nicht so wie gesprochen, denn jedes dieser Worte hat
seine besondere Klangfarbe, seinen eigenen Tonfall.)
»Kinder« muß man deshalb von »Leute« unterscheiden,
weil Kinder oft in Gruppen auftreten, zum Beispiel ein
Kindergarten spazierender- oder eine Schulklasse aus-
fliegenderweise. Und Kinder in Gruppen sind laut und
lebhaft, besonders beim Anblick eines Pferdes. Der Lärm,
den sie veranstalten, ist keineswegs böse gemeint, aber
woher soll das Pferd das wissen. Dann gibt es noch das
Wort »Wassi«, was Wasser bedeuten soll und in das man
vorsichtig hineintreten muß, um erst mal zu sehen, wie der
Grund ist. Dann das Wort »Auto«, das Wort »Straße«,
und bei einem größeren Vehikel heißt es »Maschine«.

Ganz besonders sorgfältig muß der Übergang über eine
Straße geübt werden. Als wir im Englischen Garten noch
eine dicht befahrene Straße überqueren mußten, bedeu-
tete das jeden Tag zweimal große Gefahr. Schon kurz, ehe
wir uns der Straße näherten, heißt es scharf: »Paß auf!«
Dann kommt: »La-a-ang-s-a-a-m!« und schließlich das
energische Kommando: »Warrrte!« Und daraufhin bleibt

mein guterzogenes Pferd stehen, bis das Kommando kommt: »Geh!«, rasch und hell, antreibend gesprochen.

Lieber Experte, ich weiß, dazu hat der Reiter schließlich Zügel, Schenkel und Kreuz. Gewiß, das auch. Aber kann es etwas schaden, wenn mein Pferd diese Worte kennt und meist schon vorher weiß, daß sie jetzt kommen und was sie bedeuten?

Man weiß ja nie und wird es nie wissen, ob ein Pferd denkt, was es denkt, wie weit sein Denkvermögen reicht und wie es Beobachtungen und Erfahrungen in sein Leben einbaut. Eins kann ich dazu nur sagen: Janos hat einmal einen Unfall miterlebt, als ein Pferd von einem Auto angefahren und tödlich verletzt wurde. Wie er das in sein Pferdegehirn aufgenommen hat und was er sich dabei gedacht hat, weiß ich nicht. Ich weiß nur, daß er sich von jenem Zeitpunkt an besonders vorsichtig und artig einer Straße näherte und regungslos stehenblieb und erst weiterging, wenn kein Auto mehr in Sicht war.

Ferner gehört zum Wortschatz meiner Pferde alles, was andere Tiere angeht, über die ein Pferd ja auch oft erschrecken kann. Vor allem: »Hund!« Es gibt diese und jene Hunde. Manche kümmern sich nicht um Pferde, manche sind ängstlich, manche sind neugierig und kommen nahe heran, manche stürzen bellend auf das Pferd zu. Das ist dann echt schlimm. Am schlimmsten aber sind die, die lautlos aus einem Gebüsch herausgerast kommen und das Pferd angreifen wollen. Ein Hund ist den Pferden bekannt, im Stall gibt es auch welche, aber draußen weiß man nie, wie sie sich benehmen, und es ist gut, vorher zu warnen.

Gut Freund sind Pferde mit Katzen, von denen es in jedem Stall welche gibt, bei uns geradezu ganze Herden. Janos' besonderer Freund war ein großer gelber Kater, in der Farbe ähnlich wie er. Der saß bei ihm auf der Krippe, kuschelte sich an ihn, wenn Janos schlief und durfte sogar auf seinem Rücken thronen.

Dann die freilebenden Tiere draußen: »Vogi«, was Vogel heißt, »Fasan«, »Rehlein«, »Entchen«, »Raaabe«, was die großen dicken Krähen betrifft, die winters scharenweise im Englischen Garten auftreten und von unerhörter Frechheit sind. Sie bleiben auf dem Reitweg sitzen, bis das Pferd fast auf sie drauftritt.

Die Plätze im Englischen Garten, wo wir die Rehe treffen, kennen wir. Sie sind gar nicht scheu, im Sommer, wenn alles dichtbelaubt ist, sieht man sie selten, jedoch im Frühjahr oder im Herbst kann man sie manchmal unmittelbar neben dem Reitweg entdecken. Sie rühren sich nicht, schauen uns gelassen an, manchmal liegen sie, zwei Meter entfernt, in aller Gemütsruhe da.

Mit Fasanen, von denen es unendlich viele im Englischen Garten gibt, ist es schon gefährlicher. Sie stoßen unter Umständen so schrille Schreie aus, daß nicht nur das Pferd, sondern auch der Reiter erschrickt. Und die Fasanendamen sind zweifellos geistig etwas minderbemittelt. Links vom Reitweg ist er, der Fasanerich, groß, schön und bunt. Sonst niemand. Plötzlich stürzt in höchster Eile rechts vom Reitweg eine kleine braune Fasanenhenne aus dem Gebüsch und rennt zeternd zu ihrem Herrn und Gebieter, direkt dem Pferd vor den Füßen vorbei. Ähnlich todessüchtig sind auch junge Hasen. Sie sind nicht da, man sieht sie nicht. Kein Hase weit und breit. Jedoch, wenn das Pferd herantrabt oder galoppiert kommt, rasen sie in vollem Speed von der einen Seite des Reitwegs auf die andere.

Die Entchen beobachten wir das ganze Jahr. Vom Beginn des ersten Flirts an, bei schönem Wetter schon Ende

Februar, wenn noch jede Entendame drei bis vier Verehrer im Schlepptau hat. Eines Tages hat sie sich entschieden. Dann sieht man sie nur noch paarweise, sehr verliebt. Und eines Tages sind die Herren allein, sie bilden dann kleine Clubs, drei bis vier Enteriche sitzen meist im Gras und unterhalten sich oder schweigen bedeutungsvoll. Madame sieht Mutterfreuden entgegen, die Väter müssen warten. Brütende Enten sieht man selten, sie tarnen ihre Nester gut. Und dann auf einmal, und das ist immer eine große Freude, so Ende Mai oder Anfang Juni, ist die junge Mutti mit ihren Küken im Wasser. Sieben, acht, neun Stück. Ich zähle sie immer und teile Janos mit, wieviel es geworden sind. Es interessiert ihn nicht sonderlich. Woran er guttut, denn es werden sowieso jeden Tag weniger, das bemerke ich auch. Raubvögel, Wasserratten? Ich mag es mir gar nicht vorstellen.

»Siehst du, Jani«, sage ich, »so geht es zu auf dieser Welt. Von allen Tieren, die geboren werden, überleben nur ganz wenige. Die anderen werden gefressen. Es ist gemein. Aber es ist nun mal so. Nur da, wo der Mensch bestimmt, werden die Tiere geschützt. Und weißt du, warum? Damit er sie nachher selber essen kann. Keine schöne Welt, in der wir leben. Findest du nicht auch?«

Nein, Janos kann das nicht finden. Die Welt ist erstklassig. Er hat seine Wohnung, sein Fressen, ein liebes Frauchen und wenig Arbeit. Und keiner will ihn auffressen. Jedenfalls nicht hierzulande.

Die anderen Tiere, an denen ich mich noch erfreue, sind für ihn auch nicht interessant. Zum Beispiel der erste Specht, den ich schon Februar klopfen höre. Falls das Wetter schön ist. Und was der Bursche für einen Krach macht! Und dann der erste Schmetterling, schon Ende März.

»Janos! Schau mal! Ein Zitronenfalter. Kaum zu glauben. Siehst du ihn? Mein Gott, der arme Kleine, heute nacht muß er erfrieren.«

Und die Zeit vergeht, und dann hört man, so Mitte oder Ende Mai, den ersten Kuckuck rufen. Ich halte mein Pferd an, lausche.

»Hörst du? Kuckuck, kuckuck.«

Er ruft von weit, weit her. Janos drängt weiter. Wegen des blöden Kuckucks will er nicht stehenbleiben. Auch schon was, ein Kuckuck.

Also das sind alles Worte, die wir nicht brauchen. Die lernt mein Pferd nicht, weil sie in seiner Welt nichts bedeuten.

Außer den zweckgebundenen Worten gibt es dann eine Menge verspielter, zärtlicher Ausdrücke, mit denen ich mein Pferd bedenke, da habe ich eine unerschöpfliche Phantasie. Genauso gibt es aber auch reichlich rüde Schimpfworte, auch davon habe ich ein reiches Repertoire. Doch damit möchte ich meine Leser verschonen. Auf jeden Fall habe ich die Feststellung gemacht, daß man ein Pferd am schnellsten zur Räson bringt, wenn man es richtig anschreit. Das ist viel wirkungsvoller als Gerte oder Sporen. Es bleiben genug unvorhergesehene Gefahrenmomente übrig, für die einem die passenden Worte fehlen. Meine Stürze mit Janos waren gering, was bei seinem Temperament erstaunlich ist. Vom bösesten Sturz, den ich mit ihm tat, werde ich später erzählen. Von dem letzten Sturz kann ich gleich berichten.

Der fand statt an einem herrlichen blauen Frühlingstag, Bäume und Büsche waren gerade wieder grün, die Sonne schien schon recht kräftig, und wir beide trabten gelöst und fröhlich, ohne an etwas Böses zu denken, einen Reitweg entlang. Der Weg macht da eine kleine Kurve, zur Rechten stehen einige Büsche, und nach den Büschen kommt ein Stück Wiese. Und auf dieser Wiese hopste ein großer nackter Mann herum; er war splitternackt, wirklich, schlug die Arme über den Kopf zusammen und sprang dabei. Sehr warm war es noch nicht.

Ehe ich dazu kam, dieses Bild überhaupt richtig wahrzunehmen, saß ich schon auf dem Boden. Denn Janos war beim Anblick der ungewohnten Erscheinung mit einem Riesensatz zur Seite gesprungen. Ich konnte ihm das nicht einmal übelnehmen; zweifellos hatte er noch nie einen nackten Menschen gesehen, dieser große weiße Körper mußte ihm wie ein wahres Ungeheuer vorkommen.

Sicher war das Ganze sehenswert. Ich saß auf dem Reitweg, starrte den Nackedei verblüfft an, der stand jetzt still und starrte uns an, und Janos zerrte am Zügel, den ich Gott sei Dank in der Hand behalten hatte.

»Du Knallkopp!« schrie ich. »Mußt du denn deine blöden Turnübungen direkt hier neben dem Reitweg machen?« Dann saß ich wieder auf und ritt weiter.

Fünf Minuten später traf ich zwei berittene Polizisten. Ich war versucht, ihnen von meinem Erlebnis zu erzählen, aber dann ließ ich es bleiben. Sie ritten ja auf demselben Weg heimwärts, und es gab eigentlich nur zwei Möglichkeiten: entweder der nackte Mann war noch da und sie erwischten ihn eh, oder er war auf und davon, dann war es auch gut.

Im Stall erntete ich großes Gelächter, als ich von dem Zwischenfall erzählte.

»Da sieht man es wieder mal«, sagte einer der Kavaliere, »sie konnte gar nicht schnell genug vom Pferd herunterkommen! Nur weil sie einen Mann gesehen hat!«

Manchmal kann auch was schiefgehen

Vom Reiten in der Bahn wollte ich noch erzählen. Das ist eine Sache für sich, und hier zeigt sich, was ein wirklich guter Reiter ist, ein Dressurreiter. Leider muß ich zugeben, daß ich mit Janos in der Bahn nie eine besonders gute Figur gemacht habe. Wir mogelten uns gerade so durch.

Janos haßte die Bahn. Und er war meist ziemlich grantig, wenn er da seine Runden drehen mußte. Kam folgendes hinzu: Gleich in unserem ersten Winter, kaum daß die Hallensaison begonnen hatte, wurde er von einem anderen Pferd geschlagen. Und zwar aus reiner Bosheit. Der andere, ein großer Brauner, kam dicht bei uns vorbei, holte aus und knallte Janos mit voller Wucht sein rechtes Hinterbein an die linke Schulter. Janos ging in die Knie, ich glitt aus dem Sattel und betrachtete sprachlos vor Entsetzen die blutende Wunde meines Pferdes.

Alle kamen herbeigelaufen, Reitlehrer, Reiterfreunde, sogar die Leute aus dem Café, die Reiterin des Braunen war tief bestürzt. Das hat meiner noch nie getan, sagte sie immer wieder. Zweifellos galt es Janos' Farbe. In der Beziehung sind Tiere auch nicht besser als Menschen; alles was aus der Norm herausfällt, was »anders« ist, erregt ihre Feindschaft.

Janos hinkte erbärmlich und machte dazu ein fassungsloses Gesicht. Er konnte gar nicht begreifen, was ihm da widerfahren war.

Jetzt ist er hin, dachte ich.

Der Tierarzt wurde gerufen, die Wunde behandelt, desinfiziert, verbunden, und Janos stand in seiner Box mit der Miene eines zu Unrecht geschlagenen Kindes, er begriff die Welt nicht mehr.

Er stand ziemlich lange, etwa drei Wochen. Dann war alles wieder heil, keine Folgen zurückgeblieben. Außer der einen: daß er niemals sein Mißtrauen gegen andere Pferde in der Reitbahn verlor. Er vergaß die Attacke nie. Und meist legte er die Ohren an, wenn ein anderer ihm zu nahe kam. Jedoch selbst geschlagen hat er nie. (Ausgenommen in der Schlacht mit Ria, aber das ist ein ganz spezieller Fall.)

Natürlich besuchte ich ihn während seiner Leidenszeit täglich und tröstete ihn ausführlich, teils mit Worten, teils mit Äpfeln und gelben Rüben, und nach einiger Zeit, als es ihm etwas besser ging, begannen wir unsere Spaziergänge im Englischen Garten, sozusagen Hand in Hand. Geritten durfte er noch nicht werden, Bewegung aber sollte er haben, und so liefen wir friedlich auf einem breiten Weg hin und her, unterhielten uns und hatten auch mal Meinungsverschiedenheiten, denn richtig krank war er ja nun nicht, und manchmal legte er muntere Eskapaden ein, so daß ich Mühe hatte, ihn zu bändigen. Eins sei hier gleich einmal festgestellt: Es ist weitaus leichter, ein Pferd zu reiten als zu führen.

Dasselbe wiederholte sich einige Jahre später, nach der Operation.

Krank war er eigentlich nie, er bekam keine Koliken, seine Verdauung war die beste, gegen Husten ließ ich ihn impfen, und von den vielen Pferdekrankheiten, und man sollte nicht für möglich halten, wie viele Leiden ein Pferd befallen können, von all diesen Leiden blieb er verschont. Er bekam nur im Sommer — ja, wie soll ich das beschreiben, er bekam Pickel. Hier und da, nicht weiter groß, sie gingen auch wieder weg, es war nicht weiter schlimm. Nur eins von diesen Wimmerln hatte er ausgerechnet immer auf dem Rücken, in der Sattellage. Wenn er dann bei warmem Wetter ein wenig schwitzte, dann wurde das Ding größer und größer, rieb sich am Sattel und konnte aufbrechen. Es hatte nichts mit Satteldruck zu tun, der entsteht, wenn sich ein Pferd unter dem Sattel wundreibt. Nein, es war nur dieses blöde Wimmerl, das schließlich die Größe eines Fünfmarkstücks erlangt hatte und offenbar sehr tief sitzen mußte. In der kühlen Jahreszeit bildete es sich zurück, war fast ganz verschwunden, aber im Sommer war es wieder da.

Einmal in den Ferien in Wörishofen war es besonders schlimm, das Ding war offen, blutete, ich schnitt ein Loch in die Satteldecke, polsterte alles gut mit Watte aus, stieg zwanzigmal unterwegs ab, um zu prüfen, ob das Loch auch noch über der wehen Stelle lag und nicht etwa verrutscht war, schließlich ließ ich den Tierarzt kommen. Aber dem fiel auch nicht mehr dazu ein als dem Münchner Doktor, er schmierte irgendwas drauf — Janos verspeiste inzwischen die Kapsel, die auf die Schmiertube gehörte, sie war weiß und er dachte wohl, es sei ein Stück Zucker — aber es half alles nichts; schließlich konnte ich gar nicht mehr reiten, ich longierte ihn oder ließ ihn auf der Koppel Gras fressen. Als dann der nächste Sommer nahte, beschloß ich das Übel auszurotten. Dieses eklige Ding mußte weg.

Wir marschierten also in die Tierklinik, ganz in der Nähe der Reitschule, wo die Operation vorgenommen wurde. Glücklicherweise war nur eine Lokalanästhesie nötig. Aber danach sah es furchtbar aus, sie hatten ziemlich tief schneiden müssen.

Er wurde nur ambulant behandelt und konnte nach der Prozedur in seine eigene Wohnung zurückkehren. Aber es lagen einige unangenehme Wochen vor ihm. Er durfte sich nicht hinlegen, und er durfte nicht an der Wunde kratzen oder scheuern. Deswegen mußte er sehr kurz angebunden stehen, vier Wochen lang, denn so lange dauerte es, bis die Wunde richtig ausgeeitert und geheilt war. Es war eine harte Zeit für ihn, wieder einmal begriff er die Welt und die Menschen nicht mehr. Kam dazu, daß er kaum etwas zu essen bekam, auf jeden Fall keinen Hafer, denn ein Pferd, das steht, darf keinen Hafer bekommen, nur Heu und Rüben. Tief gekränkt stand er da und mußte zusehen, wie die anderen Hafer bekamen und er nicht.

In der ersten Nacht nach der Operation schlief ich bei ihm im Stall, weil ich dachte, daß er vielleicht Schmerzen haben würde, wenn die Betäubung aufhörte. Das heißt, ich schlief nicht, ich wachte.

Sicher wird manch einer das verrückt finden und wieder sagen: Typisch Weib! Sei's drum.

Ich hütete mich, es irgend jemand zu sagen, nur mein Stallmeister Erich war eingeweiht, und er hatte Verständnis dafür.

Ich sagte: »Vielleicht tut es ihm in der Nacht sehr weh. Und er ist unglücklich. Kann auch sein, es zeigen sich irgendwelche Folgen. Vielleicht tröstet es ihn, wenn ich da bin.«

Erich stellte mir so eine Art Klappbett in den Stall, direkt vor Janos' Box. Aber schlafen konnte ich natürlich nicht. Am meisten hatte ich vor Mäusen Angst, denn in einem Stall gibt es jede Menge Mäuse. Also hatte ich mir für alle Fälle eine Katze eingefangen und mitgenommen, die mit uns wachen mußte.

Im Dunkel konnte ich den hellen Kopf von Janos sehen, er war vorn an den Gitterstäben seiner Box sehr kurz angebunden. Fast die ganze Nacht stand ich bei ihm.

»Janilein! Tut es sehr weh? Armes Jungchen. Ich bin ja bei dir. Und bald wird alles wieder heil sein, du wirst sehen.« Ich streichelte seine Nase, seinen Hals, flüsterte immer wieder tröstende Worte, dazwischen setzte oder legte ich mich auf mein karges Lager.

Sie ist lang, so eine Nacht im Stall. Und es ist nie ganz still. Irgendein Pferd ist immer wach, einer muß die Wache halten, das ist bei ihnen so üblich. Manche schnarchen. Manche stehen auf, legen sich hin, stehen wieder auf, sind immer in Bewegung. Und Janos stand da, konnte sich kaum rühren, und die Wunde auf seinem Rücken schmerzte ihn sicher sehr.

Als Erich früh um fünf in den Stall kam, war ich wie gerädert.

Es folgten anschließend harte Zeiten für mich, nicht nur für Janos. Erst täglich, dann jeden zweiten Tag mußte er früh um acht in der Tierklinik zur Behandlung der Wunde aufkreuzen. Warum früh um acht, weiß ich auch nicht. Wollte der Professor mich zur Frühaufsteherin erziehen? Für mich war es eine opfervolle Zeit, denn Frühaufstehen gehört nicht zu meinen Leidenschaften.

Manchmal nahm Erich mir den Weg ab, manchmal Laetitia.

Einmal schmiß mich Janos im Hof der Tierklinik auf das Pflaster, irgendein Blödmann von Autofahrer war zu dicht und zu schnell an uns vorbeigefahren, und Janos war erschrocken zur Seite gesprungen. Meine Hose und mein Knie hatten nun auch ein Loch.

Schließlich mußte er spazierengeführt werden. Die Wunde war offen, sie war weder verpflastert noch verklebt, nur immer mit irgend etwas Weißem beschmiert, das ihm beim Einschmieren über den Bauch herunterrann, dazu blutete die Wunde noch lange nach, Sekrete flossen ab, kurz und gut, wir boten einen wildbewegten Anblick. Die Spaziergänger im Englischen Garten, denen wir begegneten, waren tief bestürzt.

»Ja, was hat denn das Buale? Mei, des sieht bös aus.« Ich mußte dann immer erklären, was es war. Die Münchner sind im großen und ganzen Tierfreunde, und mit einem kranken Tier haben sie Mitleid.

So krank war das Tier allerdings nach einer Weile gar nicht mehr. Und manchmal suchten die Spaziergänger schleunigst das Weite, dann nämlich, wenn Janos seine Tänze mit mir aufführte. Das Hin- und Hergelatsche ödete ihn an, er hopste und sprang herum, zerrte mich durch die Gegend, und wenn noch irgend etwas dazukam, von dem er meinte, er müsse sich darüber aufregen, war es ganz aus. Das konnte ein rennender Hund sein, ein klapperndes Rad, ein Regenschirm, ein ungewöhnlich gekleideter Mensch, ihm war jeder Anlaß recht, mir zu zeigen, daß er voller Tatendrang war. Am meisten regte er sich über in der Nähe vorbeitrabende Fiaker auf. Die gibt es im Englischen Garten, vom Chinesischen Turm zum Aumeister und zurück Gott sei Dank noch, und die waren ihm auch sonst schon, wenn wir sie irgendwo trafen, einen gewaltigen Hopser wert. Wir kennen uns natürlich, die Reiter und die Fiaker, eine Frau ist übrigens auch dabei, sie trägt genau wie ihre männlichen Kollegen einen schwarzen Zylinderhut, wir grüßen uns, und sie lachen, wenn die Reitpferde beim Anblick der Wagenpferde Mätzchen machen. Was die Pferde wohl so denken mögen: Komisch, der zieht da irgendwas hinter sich her, total bescheuert muß der sein. Und der andere: Hat man so was schon gesehen, bei dem sitzt doch wirklich einer obendrauf. Wie kann man sich das nur gefallen lassen. Na, das sollte bei mir mal einer probieren!

So ungefähr? Ich weiß es nicht. Ich weiß nur, daß es Janos irgendwie nicht in Ordnung findet. (Babyface übrigens auch nicht, auch er, obwohl sonst so brav, fängt zu fipsen an, wenn er einen Fiaker kommen hört.)

Aber zurück zu den Spaziergängen mit meinem Rekonvaleszenten. Einmal benahm er sich besonders ungebärdig, verschiedene Zwischenfälle hatten ihn geärgert, und dann kam glücklich auch noch ein Fiaker angerollt. Janos zerrte mich quer über eine Wiese, stieg dann kerzengerade in die Luft, er stand auf beiden Hinterbeinen, das hatte er immer gut gekonnt, und ich, klein und mickrig, stand vor ihm, hielt verzweifelt den Zügel fest, schrie ihn an, aber er hörte nicht auf mich. Es dauerte immer eine Weile, bis er sich beruhigte.

Ausgerechnet an diesem Tag hatte Mama uns auf unserem Spaziergang begleitet.

»Dieser gräßliche Gaul!« sagte sie. »Er hätte dich glatt erschlagen können. Ich wünschte, du würdest ihn endlich verkaufen.«

»Ich? Janos verkaufen? Nie.«

Verkaufen hätte ich ihn oft können. Für sehr viel Geld. Für mehr Geld, als ich für ihn bezahlt hatte. Sogar nach Amerika wollte man ihn holen, dort stehen sie auf Pferde dieser Farbe. Palomino nennt man sie dort, ich sagte das schon.

Aber es war mein Pferd, ich war für ihn verantwortlich, ich würde ihn fremden Menschen nicht überlassen. Ich fühle mich auch heute noch für ihn verantwortlich, und das wird so sein bis zu meiner oder seiner letzten Stunde.

Eines Tages war die Leidenszeit vorüber, die Wunde

prima geheilt, und hinfort quälte uns kein Wimmerl mehr. Das Steigen war eine Unart, die sich aber anfangs in Grenzen hielt. Nur ritt ihn dann eine Zeitlang ein noch junger Reitlehrer, ein guter Reiter, aber einer von der wilden Sorte. Sie kamen gut miteinander aus, Janos mochte ihn, und seine Kräfte zu messen an jemand, der stärker war als ich, machte ihm wohl auch Spaß. Einmal, ich war längere Zeit verreist gewesen, hatten die beiden ein echtes Zirkusstück eingeübt. Ein paar schnelle Galoppsprünge, dann ein Kommando, und Janos stand auf seinen Hinterbeinen. Man erzählte mir nach meiner Rückkehr, daß die beiden am Faschingsdienstag, an dem wir immer Maskenreiten in der Bahn haben, eine große Schau abgezogen hätten.

Leider hatte Janos Spaß daran gefunden, er machte das nun auch mit mir.

Ich beschwerte mich bei dem Reitlehrer über diese seltsamen Methoden.

»Unsinn!« sagte der. »Das klappt bei Ihnen sowieso nicht. Sie wissen gar nicht, wie man das macht.«

»Das mag sein«, antwortete ich. »Aber Janos weiß es. Und er macht es, ohne daß ich es will.«

Das wollte er mir nicht glauben, doch kurz darauf, es war die Zeit der ersten Frühjahrsausritte, stand Janos wieder einmal kerzengerade in der Luft, mitten im Englischen Garten, und das nur, weil hinter uns überraschend zwei Pferde aufgetaucht waren, zwei andere Reiter, die ganz gemächlich herangetrabt kamen.

Aber diesmal hatte Janos übertrieben, er überschlug sich. Glücklicherweise war ich vorher aus dem Sattel gerutscht, so richtig hinten runter, und abermals glücklicherweise war ich nach der Seite gefallen, und er fiel nicht auf mich drauf. Sonst säße ich heute wohl nicht hier und könnte das schreiben.

Ich war ziemlich wütend. Als ich in den Stall zurückkam, rannte ich sofort zu dem Reitlehrer und machte ihm erbitterte Vorwürfe. Diesmal hatte ich Zeugen, denn die beiden anderen Reiter hatten mitangesehen, was passiert war. »Lächerlich!« sagte der Reitkünstler. »Wenn die Weiber nicht reiten können, dann sollen sie es bleiben lassen.« Eine Zeitlang waren wir böse und redeten kein Wort mehr miteinander.

Aber diesmal hatte Janos seine Lektion gelernt. Er ist nie wieder gestiegen.

Mein schlimmster Sturz mit ihm passierte in Wörishofen, und dafür konnte Janos nichts.

An einem wunderbar warmen, sonnigen Morgen waren wir beide losgeritten, allein, voll der Freude, die wir da draußen immer empfanden. Ich war noch nicht lange draußen, vielleicht zehn Tage, und genoß jede Stunde.

Wir waren ungefähr zwanzig Minuten unterwegs und hatten eine Stelle erreicht, wo sich zwischen Waldrand und Feldern ein schmaler Grasstreifen hinzieht, ziemlich lang sogar, eine prima Strecke zum Galoppieren.

Also galoppierten wir, ziemlich mit Tempo, ich saß im leichten Sitz, es war herrlich. Plötzlich stolperte Janos, ging halb in die Knie, rappelte sich aber gleich wieder hoch, nur ich war im weiten Bogen aus dem Sattel geflogen und schlug ziemlich hart mit dem Hinterkopf auf.

Aber wie das so ist bei einem Reiter, der erste Gedanke gilt dem Pferd. Ich stand sofort wieder und blickte nach Janos aus, der war noch ein paar Sprünge weitergelaufen, dort stand er nun, schaute verdutzt zu mir her, senkte dann den Kopf und begann zu grasen.

Ich ging zu ihm hin, er ließ sich ruhig am Zügel nehmen, in der Beziehung war er sehr anständig, weggelaufen ist er mir nie.

Mir war komisch zumute, schwindlig, übel, der Kopf schmerzte mich.

Am Waldrand befand sich ein Baumstumpf, ich setzte mich da erst mal hin, Janos hielt ich am Zügel, er stand ruhig vor mir. Naja, so was passiert eben mal. War nicht weiter schlimm. Wie war das bloß gekommen? Ein Loch, ein Stein? Wir kannten die Strecke doch, sie war geprüft und für gut befunden. Wir galoppierten immer da.

Von einem der Felder her kam ein junger Bauer auf mich zu. »Haben Sie sich was getan?« fragte er.

»Nö. Ich bin nur so blöd aufgeschlagen. Wird gleich wieder gut.« Ich erzählte ihm, wie es gegangen war, und ob er sich das erklären könne. Vielleicht sei ein Hase aufgesprungen, meinte er.

Wir unterhielten uns eine Weile, mir war immer noch übel, und was das Komischste war, ich sah den jungen Bauern doppelt. Nach einer Weile stieg ich auf und ritt weiter. In den Wald hinein, langsam, im Schritt. Hier war es kühl und schattig, das tat mir gut.

Trotzdem war mir immer noch nicht besser, als ich auf der anderen Seite aus dem Wald wieder herauskam. Aber ich wollte es nicht wahrhaben. Wir trabten an. Da merkte ich, daß Janos lahmte.

Ich stieg ab und besah mir seine Beine. Und nun begriff ich, was passiert war. Er hatte ein Eisen verloren, ein paar Nägel standen noch heraus. Vermutlich war das Eisen nicht gleich weggeflogen, war hängengeblieben, und er war draufgetreten.

Wobei man sieht, wie wichtig es ist, daß einer die Eisen jeden Tag prüft. Ich war da von Erich sehr verwöhnt, der macht das nämlich.

Janos und ich sahen uns an.

Siehste, schien der Ausdruck seiner Miene zu sagen, drum! »Aber Jungchen!« sagte ich. »Warum sagst du das denn nicht gleich? Du brauchst mir ja bloß dein Bein zu zeigen, dann hätte ich es ja gewußt.«

Also zurück. Zu Fuß, Janos am Zügel, schlichen wir heimwärts. Jetzt hatte ich die Sonne im Rücken, und sie brannte erbarmungslos auf meinen Kopf. Das tat gemein weh. Mir war echt mies, und immer noch sah ich alles doppelt. Fast eine Stunde brauchten wir, bis wir in den Stall kamen, und da war ich nahe am Umfallen. Das Rad mußte stehenbleiben, einer packte mich in sein Auto und fuhr mich ins Hotel.

Es war Freitag, der dreizehnte.

An diesem Tag hatte ich eine Verabredung zum Mittagessen. Ich erwartete drei Freunde aus München, und sie waren schon da, als ich ins Hotel kam.

»Tut mir leid«, sagte ich, »ich kann nicht mit euch essen, ich muß mich hinlegen. Ich bin gestürzt. Ist nicht weiter schlimm, alles heil, aber mir ist mies.«

Ich legte mich erst auf die Couch, dann ins Bett. Alles drehte sich vor mir. Und alles, was sich drehte, war doppelt. Meine Freundin Ellen besuchte mich, schüttelte ihren Kopf und veranlaßte schließlich den Hotelbesitzer, er heißt Alfred und ist ein sehr tüchtiger Mann, einen Arzt zu rufen. Es war eine Gehirnerschütterung. Der Doktor meinte, ich müsse liegenbleiben und das mit dem Doppelsehen gefiele ihm gar nicht, mein Kopf müsse geröntgt werden, es könne auch ein Schädelbruch sein.

Na, vielen Dank, das war ja heiter.

Wie immer, wenn was schiefgeht, gab und gibt es für mich nur eine Adresse. Mama.

Ich nahm den Telefonhörer ab und ließ mir München geben. Gott sei Dank, sie war da.

»Clarissa?«

»Ach, du bist das. Habt ihr auch so schönes Wetter?«

»Tolles Wetter.«

Mein Tonfall war wohl nicht der richtige.

»Ist was?«

»Nö, gar nicht. Mir geht's prima. Wirklich, kein Grund zur Besorgnis. Ich bin bloß runtergeflogen.«

»Aha!«

Sie erwartet immer, daß mir eines Tages furchtbare Dinge mit diesen verdammten Gäulen passieren werden.

»Wirklich, kaum der Rede wert. Nur ein bißchen Kopfschmerzen.«

»Dieser gräßliche Gaul! Er wird dich noch umbringen.«

»Janos kann nichts dafür. Er hat ein Eisen verloren. Im Galopp. So was kann passieren.«

»Und was ist mit dir?«

»Na ja — 'ne Gehirnerschütterung. Eine ganz winzig kleine.«

Zwei Stunden später war sie da.

Sie ist immer da. Wenn es mir gut geht, wenn es mir schlecht geht, wenn ich sie brauche. Und wenn sie da ist, geht es mir gleich viel besser.

Der Doktor kam auch noch mal, ein richtig netter Doktor, dann wurde mein Kopf geröntgt, wozu wir zu einem Röntgendoktor fahren mußten, aber der Kopf war noch heil. Das war schon mal eine Beruhigung.

Aber ich mußte liegenbleiben, das ganze Hotel trauerte mit mir, sie sind dort sehr nett bei Forsters, der Alfred, seine Frau, seine Mutter, die Bedienungen im Lokal und das größte Goldstück von allen, Frau Gantert, die Seele des Ganzen. Es tat ihnen leid, daß ich bei dem herrlichen Wetter im Bett liegen mußte. Clarissa wohnte im Nebenzimmer und kümmerte sich um mich, auch um Janos, der ein neues Eisen bekommen hatte und nun mit dem Reitlehrer spazierenreiten mußte.

Am übernächsten Tag war wieder ein Besuch aus München angemeldet. Ein Verleger, Franz Ehrenwirth. Er wollte mit mir in der »Sonne« Mittag essen. In der »Sonne« ißt man hervorragend, und ich wünschte Clarissa »Guten Appetit«, denn sie ging statt meiner zu dem Rendezvous.

Anschließend besuchte mich der Franzl an meinem Schmerzenslager, brachte mir einen großen Blumenstrauß, und ich unterhielt mich mit ihm, tat möglichst munter, lachte ihn an — nur leider, ich sah ihn doppelt. Ich kann ihn gut leiden. Aber doppelt sehen wollte ich ihn trotzdem nicht. Das mußte doch wieder mal aufhören.

Mein netter Doktor kam jeden Tag zweimal, und am vierten Tag sagte er: »Sie müssen nach München, in die Neurologische Klinik. Ich kann das nicht länger verantworten.«

Damit waren in diesem Jahr meine Ferien zu Ende, kaum daß sie angefangen hatten.

Einen Krankenwagen wollte ich nicht haben, also fuhr mich Herr Eberle nach München. Herr Eberle ist mein bevorzugter Wörishofer Taxifahrer. Er fährt mich immer, wenn es mal regnet und es mir auf dem Rad zu naß ist. Er holt mich auch in München ab, wenn ich viel Gepäck habe.

Hinten in seinem Wagen hatte er mir ein weichgepolstertes Lager gemacht, die Beine konnte ich anziehen, denen fehlte ja nichts.

Wir fuhren direkt in die Neurologische Klinik, wo ich schon angemeldet war, ein kleines Köfferchen hatte ich vorsorglich dabei, denn nun hatte ich mich schon mit dem Gedanken abgefunden, daß ich wohl in der Klinik bleiben mußte.

Ich fühlte mich jetzt so richtig elend und leidend. Schwerkrank. Halbtot.

Ich meldete mich im Büro des Professors, eine hübsche junge Dame saß da, am Fenster standen zwei Herren, die sich unterhielten. Ich sollte hinausgehen in den Gang, mich dort auf die Bank setzen und warten, hieß es.

Im Gang saßen schon mehr Leute und warteten. Das sind so die Sachen, wo ich sauer werde. Da muß ich schon wirklich dreivierteltot sein, wenn ich nicht mehr sauer werde.

Ich saß da fünf Minuten, zehn Minuten, eine Viertelstunde. Dann stand ich auf und steuerte abermals in das Büro. »Also bitte, hören Sie. Ich bin die und die, ich habe einen Unfall gehabt, mir geht es miserabel, ich kann mich kaum auf den Beinen halten. Ich bin schließlich angemeldet, oder nicht? Da draußen bleibe ich auf keinen Fall länger sitzen, das kommt nicht in Frage.«

Für einen Halbtoten mußte meine Stimme wohl ziemlich energisch geklungen haben, die beiden Herren am Fenster, die sich noch immer unterhielten, unterbrachen ihr Gespräch, der eine kam auf mich zu, grinste und sagte: »Na, dann kommen Sie gleich mal mit.«

Es war der Professor. Er trug keinen weißen Mantel, war ganz zivil, wer konnte das ahnen?

Er unterhielt sich eine halbe Stunde mit mir, über dies und das, kaum über meinen Kopf, den er sich nur kurz angesehen hatte.

»Ihnen fehlt gar nichts weiter«, sagte er, »Sie sind doch ganz in Ordnung.«

»Aber ich sehe alles doppelt.«

Darauf nahm er den Telefonhörer ab und meldete mich für den nächsten Tag in der Augenklinik an.

Ich nahm mein Köfferchen, ließ mir ein Taxi rufen und fuhr zu Clarissa.

Am nächsten Morgen, punkt neun, tanzte ich in der Augenklinik an. Hier klappte es nun auf Anhieb, ich mußte keine fünf Minuten warten. Und erlebte staunend, was es alles gibt, um die Augen eines Menschen zu untersuchen. Über eine Stunde lang schleuste man mich von Abteilung zu Abteilung, und ganz zum Schluß landete ich dann bei dem hier zuständigen Professor, einem sehr charmanten Mann, der mich untersuchte und dann mit der Diagnose herauskam: »Sie haben eine Augenmuskellähmung. Das kommt von dem Sturz. Ist aber weiter nicht schlimm. Das geht von selber wieder weg.«

»Von selber?«

»Bestimmt. Da kann man gar nichts dabei tun, es dauert etwa vier Wochen, dann ist vorbei.«

»Wissen Sie das bestimmt?«

Er wußte es. Und er hatte recht. Nach vier Wochen war alles wieder gut.

Aber Nerven gekostet hat es mich schon. Und manchmal hatte ich Angst. Denn ich sah noch lange Zeit alles, alles doppelt.

Natürlich war ich die ganze Zeit bei Clarissa. Sie trat mir ihr schönes breites Bett ab, da lag ich nun, lesen durfte ich nicht, schreiben auch nicht, fernsehen erst recht nicht. Aber Gott sei Dank gibt es Musik, die durfte ich hören. Und Freunde hatte ich, die mich besuchten. Ach, und gut zu essen bekam ich bei Clarissa, wie immer. Ich habe mindestens fünf Pfund zugenommen in der Zeit.

Janos war längst nach München zurückgekehrt, auch für ihn war es in diesem Jahr nur ein kurzer Urlaub gewesen. Tja! So ist das. Kann auch passieren. Und wenn es vorbei ist, sagt man: Danke, lieber Gott, daß nichts Schlimmeres passiert ist. Danke. Danke.

Aber es war ein Freitag, der dreizehnte. Nie mehr habe ich seitdem an einem Freitag, dem dreizehnten, ein Pferd bestiegen.

Pferdefreundschaften

Nun ist es ja nicht so, daß ein Pferd nur Umgang hat mit Menschen. Selbstverständlich will es auch Umgang haben mit seinesgleichen.

Lebt ein Pferd in freier Wildbahn, so lebt es in der Herde. In der Zivilisation, als Gefährte des Menschen, trifft es mit anderen Pferden nur zusammen, wenn es auf die Koppel geht; aber diese Gelegenheit haben die armen Großstadtpferde so gut wie gar nicht.

Also kommt es mit anderen Pferden nur zusammen bei der Arbeit in der Reitbahn, wobei zur Kommunikation zwischen Pferd und Pferd kaum eine Möglichkeit gegeben ist. Anders ist es beim Ausreiten. Wenn Pferde zusammen ins Freie gehen, vorausgesetzt es ist immer dasselbe Paar, freunden sie sich unter Umständen ganz gut miteinander an. Manchmal. Es kommt auch vor, daß sie sich nicht besonders gut verstehen.

Auf jeden Fall geht jedes Pferd lieber in Gesellschaft spazieren als allein. Meine Pferde mußten oft mit mir allein vorliebnehmen, weil ich erstens gern allein reite und zweitens, wenn mit einem Partner, dann mit einem, der mir zusagt und der ungefähr in der Art reitet, wie ich es gern habe. Also kein rücksichtsloser, kein wilder Reiter, aber auch kein zaghafter Angsthase, der bei jedem Galopp Zustände bekommt.

Im Lauf der Jahre hat man mal diesen, mal jenen Begleiter gehabt. Den einen mag man mehr, den anderen weniger. Und so ergeht es dem anderen vermutlich auch.

Es sind vor allem zwei, die ich als ideale Begleiter bezeichnen könnte. Das war eine Zeitlang ein Freund, mit dem ich gut zurechtkam, und das ist heute noch Laetitia.

Wir hatten uns im Stall kennengelernt, sie fiel mir das erstemal auf, als sie, eine zierliche kleine Person, auf einem riesigen Gaul, der obendrein noch als ziemlich ungebärdig bekannt war, rasante Runden durch die Bahn drehte. Die Haare standen ihr zu Berge, sie hatte alle Hände voll zu tun, doch das ganze Persönchen war geballte Energie.

»Wer ist die denn eigentlich?« fragte ich, hinter der Scheibe sitzend.

Sie war damals noch nicht lange in unserem Stall, und kaum einer kannte sie. Wie sich dann herausstellte, war sie eine junge Dozentin der Universität. (Heute ist sie längst Professor.)

Irgendwann kamen wir ins Gespräch und ritten einige Male zusammen aus. Als ich dann für einige Zeit verreisen mußte, vertraute ich ihr meine Loni an. So etwas ist selten, meist gibt man sein Pferd einem Reitlehrer, aber zu jener Zeit war Peter Cords nicht mehr am Leben, und mit dem neuen war ich noch nicht richtig klargekommen.

Die junge Dame war über mein Vertrauen sehr erfreut, sie vergaß es nie mehr, und daraus entwickelte sich eine Freundschaft. Wir ritten oft gemeinsam aus, es war also noch zu Lonis Zeiten, und Laetitia ritt damals eine braune Ungarin namens Ilias. Die beiden Stuten paßten gut zueinander, sie waren beide schnell, sensibel und intelligent. Zweimal gingen sie uns auch gemeinsam durch, da waren sie sich einig. Mit diesen beiden Pferden erkundeten wir das Gebiet »hinten hinaus« und fühlten uns wie die Entdecker eines neuen Erdteils, wenn wir wieder einmal einen neuen Pfad, eine neue Schneise gefunden hatten.

Wir waren gut aufeinander eingespielt, und keiner wollte dem anderen etwas vormachen oder unnötig den Helden spielen. Und wenn einer sagte: »Hör mal, heut' ist mein Pferd aber schwierig, der zickt ganz schön herum!«, na, dann wurde eben etwas vorsichtiger geritten, um keine unnötige Gefahr heraufzubeschwören. Und wenn die Sache lief, dann legten wir Ritte hin, die sich sehen lassen konnten.

Wie ja ganz logisch, waren also die Pferde, die Laetitia ritt, oft auch die Freunde von Janos, denn wenn man täglich zusammen draußen ist, haben nicht nur die Reiter viel miteinander zu reden, sondern auch die Pferde. Von Püppchen war schon die Rede. Doch nun fällt mir eine andere Dame ein, mit der es nicht ganz reibungslos ging, das war die etwas schwierige Fuchsstute Ria. Ein schönes Pferd, aber launisch. Sie war für den Reiter nicht einfach, und für Janos war sie eine etwas rätselhafte Freundin. Manchmal verstanden sie sich großartig, steckten die Köpfe zusammen, so wenn es galt, gemeinsam und verbotenerweise von einem Haferfeld zu naschen oder sich Maiskolben zu stibitzen. Janos, immer galant gegen Damen, zeigte deutlich, daß er die Stute gut leiden mochte.

Dennoch passierte dies: Wir hatten sie beide auf die Koppel gebracht, sie sollten dort in aller Freundschaft ihr Gras fressen, und das taten sie denn auch eine Weile. Aber auf einmal brach in Janos seine Hengstvergangenheit auf. Er begann die Stute auf ganz männliche Art zu attackieren, jagte sie mehrmals wie ein Wilder um die Koppel herum, fing sie schließlich ein und preßte sie gegen den Koppelzaun, so daß sie halb oben draufsaß, und wenn er gekonnt hätte — na, dann hätte er.

Wir trieben sie mit der Gerte auseinander, und nach einer Weile schienen sie sich beruhigt zu haben, aber Ria hatte den Angriff auf ihre Tugend nicht vergessen und rächte sich. Auf einmal drehte sie Janos ihr Hinterteil zu und knallte ihm mit voller Wucht eine vor den Latz. Was nun folgte, und zwar mit Blitzesschnelle, war ziemlich furchtbar: Janos, nach der ersten Schrecksekunde, drehte sich ebenfalls um, und eine Weile lang hieben sie mit aller Kraft aufeinander ein, quietschend und röhrend, geradezu schreiend. Uns standen die Haare zu Berge. Sie hatten schließlich Eisen an. Wir dachten, keines der beiden Pferde würde die Schlacht überleben.

Sie waren auch ganz schön ramponiert danach, voller Wunden und Flecken, und Janos blutete ganz gewaltig aus einer Wunde am Bein. Das Blut lief in hellem Strom herunter, ich dachte, er müsse verbluten. Wir waren völlig kopflos, riefen alle verfügbaren Hilfstruppen herbei, doch glücklicherweise stellte sich heraus, es war keine ernsthafte Verletzung, es war offenbar eine Ader getroffen, darum der Blutverlust. Und wenn einer denken sollte, sie waren danach böse miteinander, so irrt sich der — Ria wieherte sofort laut nach ihrem leidenschaftlichen Freund, und Janos antwortete. Aber wir ließen sie trotzdem nie mehr gemeinsam auf eine Koppel.

Es gibt auch Männerfreundschaften zwischen Pferden. Und hier muß ich in erster Linie einen edlen älteren Herrn nennen, einen Vollblutrappen namens Fürstensteiner. Er war eines der schönsten Pferde, das in unserem Stall stand, das heißt, er steht heute noch dort, wird aber nicht mehr geritten, weil er inzwischen wirklich sehr alt ist.

Zu jener Zeit, von der ich erzählen will, war er etwa achtzehn Jahre alt, ging nur noch in der Bahn, aber das sehr schwungvoll. Seine Besitzerin, so richtig eine Expertin, wollte ihm jedoch gelegentlich einen Spaziergang gönnen, und darum durfte Laetitia ihn zu manchen Ausritten, die nicht zu weit führten, mitnehmen.

Am Anfang hatte ich Bedenken, denn der alte Herr war immer noch sehr temperamentvoll und an Gelände nicht mehr gewöhnt. Aber ich habe selten ein Pferd erlebt, das so intelligent war und es so gut verstand, sich zu beherrschen.

Manchmal, wenn wir nebeneinander ritten, sagte ich: »Jetzt geht er gleich in die Luft!«, denn so blähte er die Nüstern, aber er tat es nie. Ganz im Gegenteil, Janos war an seiner Seite immer besonders folgsam, als respektiere er die Würde des Alters. Und einmal, als wir in einen plötzlichen böigen Sturm gerieten und voller Angst heimwärts strebten, benahmen sich die Pferde musterhaft. Und das war sichtbar Fürstensteiner zu verdanken, denn wenn Janos anfing Mätzchen zu machen, wandte ihm der Rappe den Kopf zu, stupste ihn, als wolle er sagen: Nun benimm dich mal, es hilft alles nichts, wir müssen vernünftig sein.

Eine Zeitlang hieß unser Begleiter Teddy. Das war unproblematisch. Teddy war ein rundlicher Brauner, gutmütig, zutraulich, und seine eifrige Miene zu betrachten, wenn er neben uns hertrabte, amüsierte mich immer. Er wollte immer alles richtig machen und war rundherum zuverlässig. Eine Zeitlang war er Mitglied der Münchner Oper. Es gab damals, während der Festspiele, eine Freilichtaufführung von Simone Boccanegra, worin irgendeiner der Helden auf einem Pferd auf die Bühne ritt. Das war Teddy. Wenn er Vorstellung hatte, wurde er abends zum Nationaltheater gebracht, und er spielte seine Rolle vorzüglich.

Dann zog er das große Los. Bis dahin war er im Verleih gegangen, und auf einmal wurde er Privatpferd. Eine Familie kaufte ihn. Sie waren vier Personen: Vater, Mutter, eine hübsche junge Tochter, ein erwachsener Sohn, der später heiratete, da waren sie fünf.

Jeden Tag, den Gott werden ließ, fand sich die ganze Familie im Stall ein, und einer übertraf den anderen, um Teddy zu verwöhnen. Er bekam die besten Schmankerln, die ein Pferdemagen sich ausdenken kann, er wurde geputzt, gestriegelt, gebürstet, eingeschmiert und eingerieben, betuttelt und betattelt von vorn bis hinten, er stand mit der Miene eines Paschas in der Stallgasse, einer massierte an seinen Fußgelenken herum, einer polierte sein Fell, der andere frisierte seine Mähne, und vor ihm stand einer, der ihn fütterte. Geritten wurde er relativ selten, meistens lahmte er ein bißchen, und ich habe ihn im Verdacht, er tat es absichtlich, weil ihm das Leben, wie er es jetzt führte, grad gefiel.

Sodann gibt es Freundschaften zwischen Boxnachbarn. Es ist nicht unbedingt die Regel. Nicht alle Nachbarn sind dicke Freunde.

Ich erinnere mich an einen Fall in Wörishofen. Ich glaube, es war bei meinem zweiten oder dritten Aufenthalt mit Janos. Da hatte er einen Nachbarn namens Goya, der ihn vom ersten Tag faszinierte. Goya war eine Schönheit, er hatte eine ganz ausgefallene Farbe, so eine Art Tizianrot, war sehr hochgezüchtet, aber sehr kontaktfreudig. Auch zu uns. Wir gewannen ihn richtig lieb. Und Janos ließ ihn kaum aus den Augen. Die beiden steckten die Köpfe zusammen, redeten miteinander, wieherten sich zu, und wir erwogen eine Weile ernsthaft, ob man Goya nicht kaufen sollte, denn er stand dort zum Verkauf. Aber er galt als schwieriges Pferd. Als wir Abschied nehmen mußten, waren wir alle schrecklich traurig.

Singe, wem Gesang
gegeben. Janos
hört kritisch zu.

Männliche Hilfe
ist manchmal
erwünscht.

Nun ist es Herbst, ziemlich kühl schon. Unternehmungslustig und in Lausbubpose wartet Janos auf den täglichen Spaziergang.

Ich frage mich jetzt, war es das Jahr von Janos' Tunkerei? Oder war das ein andermal? Nein, das muß wohl gleich am Anfang gewesen sein. Wir hatten damals in München noch keine Selbsttränke im Stall, die Pferde wurden aus Eimern getränkt. In Wörishofen jedoch, ein sehr moderner Stall, befand sich in jeder Box eine Selbsttränke, also ein Napf, an der Wand befestigt, wo die Pferde mit der Nase auf einen Griff drücken, dann kommt Wasser heraus. (Loni, als ich sie in Wörishofen mithatte, hatte kein Verständnis für Technik. Typisch Frau. Sie lernte es nie, mit der Selbsttränke zu hantieren, man mußte sie immer aus dem Eimer tränken.) Aber Janos hatte das sofort heraus und erfand sich eine herrliche Mahlzeit. Das Heu wurde ihm dort gleich an der Tür niedergelegt, davon nahm er sich ein Maulvoll, drehte sich um, rannte zur Tränke, tunkte das Heu ins Wasser und verspeiste es dann mit seliger Miene. Und dasselbe noch mal. Und noch mal. Stundenlang. Bis das Heu alle war. Den Hafer ließ er so lange liegen. Interessierte ihn nicht. (Er erinnerte mich immer an meine schlesische Großmutter, die auf genau dieselbe Art ihren Streuselkuchen in den Kaffee tunkte.)

Einer gut nachbarlichen Beziehung verdanke ich auch mein jetziges Pferd, den Hannoveraner Golan, genannt Babyface. Er kam seinerzeit ganz jung, direkt vom Züchter, zu uns in den Stall und hatte wirklich so ein richtig staunendes Kindergesicht. Er stand in der Box neben Janos, und wenn er einen dann mit großen verwunderten Augen ansah, da konnte man gar nicht anders, man mußte sich mit ihm unterhalten. Und natürlich bekam er auch immer von den Leckerbissen ab, die ich Janos nach dem Reiten servierte. Wenn einer draußen war, wartete der andere immer ungeduldig auf die Heimkehr des Herrn

Nachbarn. Und wenn ich mit Janos, vom Englischen Garten kommend, in den Hof einritt, und das ist ein ganzes Ende von unserem Stall entfernt, hörte ich Babyface schon laut wiehern. Und genauso machte es Janos, wenn der andere heimkam. So war ich mit Babyface schon recht gut befreundet, ehe er vor zwei Jahren mein Pferd wurde.

Nicht vergessen darf ich, von Janos' ganz großer Liebe zu erzählen. Das war Nora, eine kleine, stämmige, braune Stute, keineswegs von edler Rasse, aber offenbar sehr sexy. Ich sagte damals immer, sie müsse wohl so eine Art Brigitte Bardot unter den Pferden sein.

Janos konnte sich nicht genug tun, sie von vorn bis hinten zu beschnuppern und sogar zu beschlecken und ihr mit allen möglichen Pferdeausdrücken zu verstehen zu geben, wie sehr er sie liebe. Immer wollte er die Nase vorn haben, es war fast unmöglich, ihn hinter einem anderen Pferd zu reiten, nur bei Nora, da ging es, da blieb er hinter ihr, die Nase möglichst nahe an ihrem Hinterteil, und war hochzufrieden.

Manchmal verabredete ich mich mit Noras Reiterin im Englischen Garten, sie erwartete mich irgendwo, wir hatten verschiedene Treffpunkte. Janos wußte das auch. Er konnte gar nicht schnell genug hinauskommen, spähte hinter jeden Busch, und wenn er seine Freundin in der Ferne erblickte, wieherte er laut, vor lauter Eifer verschluckte er sich manchmal. Und wenn sie sich dann trafen, gab es jedesmal eine große Begrüßungszeremonie.

Ein Trauerspiel wurde es, als Nora den Stall verließ und anderswohin übersiedelte. Wochenlang konnte Janos seinen Schmerz nicht überwinden. Ich ritt jetzt wieder allein mit ihm, und er suchte und suchte, und dazwischen blieb er immer wieder stehen und wieherte ganz hoch und hell und sehnsüchtig, der ganze Pferdeleib bebte, und all meine Trostworte waren in den Wind gesprochen. Es dauerte lange, bis er sie vergaß.

Jetzt, auf seinem Altersruhesitz, wo er wieder in der Herde lebt, hat er meist auch eine Lieblingsfrau. Eine Stute, die eng an seiner Seite grast und die mitkommen darf, wenn ich ihn besuche, um ihm am Koppelzaun Äpfel, Rüben oder Zucker zu geben. Die anderen jagt er weg, aber seine Favoritin muß dasselbe kriegen, was auch er kriegt.

Manchmal verstehe ich seinen Geschmack nicht. Eine Zeitlang war es eine Schimmelstute von wirklich nicht ansprechendem Äußeren, ein klobiges, ungeschlachtes Tier. Aber ihm gefiel sie.

Wo halt die Liebe hinfällt, nicht? Es ist bei Menschen nicht anders. Da wundert man sich doch manchmal, wieso dieser mit jener, und diese mit jenem, und haben die Leute eigentlich keine Augen im Kopf?

Aber von Schönheit allein kann Liebe offenbar nicht leben.

Der Rentner

Damit wären wir beim letzten Kapitel angelangt. Auch Pferde werden ja leider nicht jünger. Und es kam der für mich traurige Tag, an dem ich erkennen mußte, daß ich Janos nicht mehr reiten konnte.

Das kam nicht von heute auf morgen. Es fing damit an, daß er manchmal unsauber ging, ja, daß er lahmte. Es verging wieder. Zwei, drei Tage war alles in Ordnung, doch dann mußte ich nach zehn Minuten wieder umkehren, weil er lahmging. Der Tierarzt, der zu Rate gezogen wurde, behandelte ihn mit Salben und Spritzen, bis er schließlich eine Röntgenaufnahme machte und ich die unumstößliche Tatsache erfuhr: Janos hat Arthrose.

Das haben viele Menschen auch. Und sie können damit uralt werden. Sie können halt nicht mehr so gut laufen, sie müssen vielleicht einen Stock benützen, machen mal eine Kur in Badgastein, und allerschlimmstenfalls fahren sie im Rollstuhl.

Auch ein Pferd mit Arthrose kann uralt werden. Nur reiten kann man es nicht mehr. Nun ist so etwas gar kein Problem, wenn man in der glücklichen Lage ist, einen Bauernhof oder ein Rittergut zu besitzen. Da läßt man eben sein Pferd in Frieden alt werden, läßt es auf der Koppel mit den anderen grasen, im Stall wird sich auch ein Platz finden. Es hat sein verdientes Gnadenbrot.

Leider besitze ich weder Gut noch Bauernhof. (Obwohl ich als Kind immer erklärte: »Ich heirate nur einen Gutsbesitzer.« Aber es ist mir nie einer über den Weg gelaufen, der mich heiraten wollte.)

Was nun tun? Meist bedeutet so ein Leiden das Todesurteil für ein Pferd. Doch dazu konnte ich mich nicht entschließen, denn von seinem Bein abgesehen, war Janos quietschlebendig und rundherum gesund. Aber man kann ein Pferd auch nicht den ganzen Tag im Stall stehen lassen, davon wird es wirklich krank.

Zufällig besuchte ich gerade zu jener Zeit Freunde in der Lüneburger Heide, die dort ein Gestüt haben, wunderschöne Pferde züchten und nebenbei auch einen Reitbetrieb unterhalten.

Es war im Frühling, es war sehr schön da draußen, ich machte einige Ritte mit (die Lüneburger Heide ist ein wahres Paradies für Pferd und Reiter), und wenn ich dort die Pferde sah, die auf den großen Koppeln grasten, dachte ich an meinen armen Jani, der den ganzen Tag in seiner Box stehen mußte.

»Eure Pferde haben es gut«, sagte ich. »Ich wünschte, mein armer Jani könnte hier auch mit herumlaufen.«

»Och«, meinte Jörn, der Chef des Unternehmens, »das ist doch kein Problem. Schick doch deinen Janos einfach her, wir haben Platz genug. Hier kann er sich erholen.«

»Du hast Ideen«, sagte ich, »von München in die Lüneburger Heide, das ist gerade der nächste Weg.«

Dann zeigte er mir das große Freigelände, es liegt ein Stück vom Gestüt entfernt in einem Naturschutzgebiet, ein riesengroßes, nicht überschaubares Stück freier Natur — Wald, Wiesen, Wasser, in dem ständig den Sommer über, also vom Frühling bis in den späten Herbst hinein, eine Pferdeherde in totaler Freiheit lebt.

Ich hatte so etwas noch nie gesehen, und ich muß gestehen, ich fürchtete mich fast, als die Pferde wie eine wilde Jagd angerast kamen. Zunächst war weit und breit kein Pferd zu sehen gewesen. Jörn stieß laute dunkle Rufe aus, und auf einmal, um eine Waldecke herum, kamen sie herangebraust, umringten uns, manche ließen sich anfassen, manche nicht, es war wie auf freier Prärie, es war für mich überwältigend, daß es so etwas überhaupt noch gab.

Ich reiste dann wieder ab nach Hamburg, sah mich bei Hoffmann und Campe, meinem Verlag, um, redete und speiste ausgiebig mit diesen lieben Leuten, fuhr befriedigt nach Bremen weiter, und als ich einige Tage später nach München zurückkehrte, erlebte ich dort eine große Überraschung. Janos war fort! Vor zwei Tagen, so erfuhr ich, war ein Transporter gekommen, ein Hamburger Unternehmen, die gerade eine Route von Süd nach Nord fuhren, und der Fahrer hatte erklärt, er habe den Auftrag, ein Pferd namens Janos abzuholen.

In der Universitätsreitschule waren sie sprachlos. Und weigerten sich natürlich, Janos herauszugeben, da ja von mir kein Auftrag vorlag. Kein Mensch wußte, was dies bedeuten sollte. Man rief Clarissa an, die auch keine Ahnung hatte. Auch Laetitia wußte nichts. Nur daß ich in der Lüneburger Heide gewesen war, das wußten sie. Aber warum zum Teufel, wenn Janos wirklich dorthin reisen sollte, hatte ich denn nicht angerufen und Bescheid gesagt? Am nächsten Tag kam der Transporter wieder, und nach langem Palaver wurde Janos schließlich verladen und trat die weite Reise an.

Zunächst waren alle böse mit mir. Es war so schlimm, daß im Stall kaum einer mit mir sprach. Keiner glaubte mir, daß ich nichts davon gewußt hatte. Und sie dachten, ich hätte Janos verkauft, seinem Schicksal überlassen, weit weg, damit ich nicht mehr hörte und sah, was weiter aus ihm wurde.

Es dauerte ziemlich lange, bis ich alle davon überzeugt hatte, daß ich wirklich ahnungslos gewesen war. Daß meine flüchtig hingeworfene Bemerkung zu Jörn solche Folgen zeitigen würde, hatte ich wirklich nicht ahnen können. Es war natürlich ein Zufall, daß gerade ein Transporter unterwegs war, Jörn wußte es, weil er auch Pferde erwartete, und er hatte die günstige Gelegenheit genutzt.

Im Stall glaubten sie es mir nicht. Sie glauben es mir heute noch nicht. Und daß Janos noch am Leben war, glaubten sie erst, als er zurückkehrte.

Ich rief dann also in der Heide an und erkundigte mich, ob Janos heil angekommen war. Ja, das war er, es ginge ihm glänzend und ich solle nur bald wieder mal inkieken. Schon vierzehn Tage später packte ich mein Köfferchen und begab mich abermals in die Lüneburger Heide. Es war mittlerweile Juni, die Sonne schien von einem herrlich blauen Himmel, als ich ankam, und auf einer großen Koppel graste Janos, mehr denn je anzusehen wie ein Karamelbonbon, inmitten einer Herde fröhlicher Pferde. Eine Frau hatte er sich auch schon ausgesucht, dicht an seiner Seite graste eine bildhübsche dreijährige Fuchsstute. Ich rief ihn, aber er interessierte sich überhaupt nicht für mich. Darüber war ich tief gekränkt. Ich dachte, er hätte Heimweh, er vermisse mich. Keine Rede davon. Das Leben in der neuen Umgebung, in der Freiheit, ohne Arbeit, die neuen Pferde rundherum — all das füllte ihn so aus, daß Frauchen in München momentan gar keine Rolle spielte.

Jörn und ich gingen dann in die Koppel hinein, da bequemte sich Janos endlich, heranzukommen, nahm auch gnädigerweise den Zucker, den ich mitgebracht hatte, aber dann trollte er sich gleich wieder davon, er hatte hier keine Verwendung für mich.

Ich blieb einige Zeit in der Heide, feierte in jenem Jahr sogar meinen Geburtstag dort und fuhr dann weiter nach Schleswig-Holstein, weil ich für mein kommendes Buch, den »Blauen Vogel«, noch Recherchen zu machen hatte. Immerhin hatte ich die Gewißheit, daß es Janos gut ging, daß er sich wohl fühlte. Später würde man weitersehen.

Nachdem er sich eingewöhnt hatte und mit den anderen Pferden vertraut geworden war, kam er dann in jenes zuvor geschilderte große Freigelände, und dort blieb er bis zum November. Dann besuchte ich ihn wieder. Er war dünner geworden, man hatte ihm das Fell geschoren, weil er natürlich reichlich schmutzig in sein Winterquartier eingerückt war, und so sah er etwas kümmerlich aus. Er wurde geritten, ich ritt ihn auch, das Bein schien in Ordnung zu sein.

Einige Wochen darauf ließ ich ihn wieder nach München kommen. Nun stand er wieder bei uns im Stall, die letzten Skeptiker konnten sich nun überzeugen, daß er noch am Leben war, ich begann wieder, ihn zu reiten, er lahmte nicht mehr, aber er ging auch nicht klar. Er hatte sich so ein Trippeln angewöhnt, das heißt also, er griff nicht richtig aus, machte kurze Schritte, woran deutlich zu merken war, daß er eben doch Schmerzen in seinem Bein hatte. Da gab ich es endgültig auf.

Ich mußte mich damit abfinden, daß Janos zum Reiten nicht mehr zu gebrauchen war. Aber ich war weit davon entfernt, das Todesurteil auszusprechen.

Manche werden mich verstehen, manche nicht. Und ich . . . Ich will hier nicht einer falschen Sentimentalität das Wort reden. Ein krankes Pferd soll erlöst werden. Das Tier genießt im Gegensatz zum Menschen den großen Vorzug, daß man ihm diese Wohltat angedeihen lassen kann. Und ich wäre die letzte, die zusehen würde, wie ein Tier sich quält, ein Tier, das wirklich krank ist.

Aber Janos ist nicht krank. Er ist eben nur nicht mehr so gut auf den Beinen, daß man ihn reiten kann. Und in so einem Fall zu sagen: Du mußt sterben, weil du mir nicht mehr von Nutzen bist — das kann ich nicht.

So kam Janos zu seinem endgültigen Alterssitz.

Sehen Sie, lieber Reiterfreund und lieber Leser, so ein Altersruhesitz, den gibt es natürlich nicht gratis. Er kostet mich jeden Monat gutes Geld. Und so kam ich auf die Idee, dieses Buch zu schreiben. Es ist eine Art Benefizvorstellung für ein Pferd. Ich dachte mir, Janos kann sich eigentlich seine Rente selbst verdienen, ich schreibe seine Geschichte auf, er hat mir ja schließlich den Stoff geliefert, und was mir dieses Buch an Einnahmen bringt, das wird dann Janos' Rente sein.

Zum Schluß will ich nun noch kurz berichten, wie und wo Janos heute lebt.

In die Heide schickte ich ihn nicht zurück, denn es ist mir zu weit, ich müßte jedesmal eine große Reise unternehmen, wenn ich ihn besuchen will. Jetzt lebt er ganz in meiner Nähe, knapp 20 Kilometer von München entfernt. Ein kleines Dorf, inmitten weiter Wiesen, die rundherum begrenzt sind von Wald. Es ist die schon leicht gehügelte Voralpenlandschaft, die ich so liebe.

In diesem Dorf steht ein schöner alter Bauernhof. Er ist wirklich schön und wirklich alt. Zu dem Hof gehören zwei große Ställe und viele, viele Koppeln. Hier züchtet man Pferde, hier nimmt man Pferde in Pension, sei es, weil sie krank waren und sich erholen sollen, sei es, weil sie mal Urlaub machen sollen von der Stadt und von der Arbeit, oder sei es eben, weil sie alt sind und nicht mehr arbeiten können. Einen Reitbetrieb gibt es hier nicht.

Die Herrin des Hofes heißt Ingeborg. Sie ist eine bemerkenswert hübsche dunkelhaarige Frau, sie hat einen sehr charmanten Mann. Sie sind keine Bayern, sondern stammen aus Ostdeutschland. Irgendwann haben sie sich hier niedergelassen, und weil sie Pferde lieben und etwas von Pferden verstehen, haben sie einen Beruf daraus gemacht. Ein Beruf mit sehr viel Arbeit. Ingeborg ist außerordentlich fleißig. Im Sommer kann man sie antreffen hoch auf einem Traktor sitzend, wenn sie eine Fuhre Heu nach der anderen in die Scheune fährt. Sie hat nur einen Helfer im Stall, das ist Albert, ein verläßlicher Ostpreuße, der ebenfalls gut mit Pferden umgehen kann.

Man kann herauskommen, wann man will, der Stall ist immer blitzsauber, die Boxen werden jeden Tag frisch eingestreut.

In der schönen Jahreszeit sind die Pferde den ganzen Tag über draußen, wenn es sehr heiß ist und es viele Fliegen gibt, auch statt am Tage in der Nacht. Im Winter sind sie meist im Stall und werden nur täglich einige Stunden hinausgelassen, damit sie Bewegung haben.

Und sie müssen sich nicht nur von Gras ernähren, sie bekommen jeden Tag ihre reichliche Haferration und zusätzlich Äpfel und Rüben, und zwar so reichlich, daß ich mit meiner Tüte Äpfel, die ich mitbringe, auf Janos gar keinen Eindruck machen kann.

Hier also lebt der Janos nun. Er sieht blendend aus, hat sich eine kleine Wampe zugelegt, und im Winter sieht er aus wie ein Bär, so wächst ihm das Fell. Er ist frisch und munter, voller Tatendrang, und wenn er auf der Koppel herumsaust, merkt man nichts von einem kranken Bein.

Ich solle doch wieder einmal versuchen, ihn zu reiten, meint Ingeborg. Aber ich lasse es lieber bleiben. Ganz gesund wird das Bein nicht wieder, beim Reiten würde man den Schaden sicher bald merken, und nun will ich ihm weitere Umsiedlungen ersparen. Er hat sich eingewöhnt in seine Umgebung, jetzt soll er dort auch bleiben.

Zwanzig bis fünfundzwanzig Pferde sind immer dort, im Winter weniger, im Sommer mehr. Im Frühjahr werden drei oder vier Fohlen geboren, das ist dann immer eine aufregende Zeit, denn man weiß nie, ob alles gutgeht. Manchmal gibt es Fehlgeburten, manchmal sind die jungen Tiere nicht lebensfähig — es ist ein großes Risiko, Pferde zu züchten, reich kann man dabei nicht werden. Wenn ein Fohlen aber aufwächst, dann kommt es als Jährling zur Herde, und es ist immer sehr drollig, mitanzusehen, wie der Kleine versucht, sich in der Gemeinschaft der Großen zurechtzufinden. Die Großen sind meist sehr duldsam und freundlich zu dem Jungpferd.

Janos auch. Er ist schließlich der Boß der Herde, diesen Platz hat er sich erkämpft und wird ihn behaupten, bis mal einer kommt, der jünger und kräftiger ist als er. Tiere haben ein ausgeprägtes hierarchisches Gesellschaftssystem. Als erstes, wenn sie zusammentreffen, muß festgelegt werden, wer was zu sagen hat. Und wenn es klar ist, dann bleibt es dabei, bis einer kommt, der es sozusagen in Frage stellt. Und dann muß es ausgefochten werden.

Seit Janos da draußen ist, es sind nun fast zwei Jahre, habe ich erst ein einziges Mal erlebt, daß er sich zurückziehen mußte. Da kam ein Urlauber, auch von uns, von der Unireitschule, ein junger kräftiger Brauner, und der war stärker als Janos. Damals hielt er sich vorsichtig im Hintergrund. Der Braune gab den Ton an. Doch glücklicherweise verschwand der nach vier Wochen wieder, und Janos kehrte in seine alte Position zurück.

Damals hatte Janos einige Bisse und Schrammen an

Hals und Körper, der Braune aber auch. Ich sah es und sagte zu ihm: »Ja, siehst du, mein Freund, so ist das nun mal auf dieser Erde. Altwerden ist das größte aller Übel. Aber es bleibt keinem erspart, dir nicht und mir nicht, und dieser freche Braune wird auch mal älter. Es ist wirklich schade, daß es so ist. Wo doch das Leben so schön ist, nicht?«

Das findet Janos auch. Er fühlt sich wohl. Und eine Lieblingsfrau hat er immer.

Wenn ich ihn besuche, begrüßt er mich wie eh und je mit einem tiefen Gelächter aus seiner Kehle. Ich weiß kein anderes Wort. Es ist schwer zu erklären, wie man den Begrüßungston benennen soll, den ein Pferd für einen vertrauten Menschen von sich gibt. Reiter werden wissen, was ich meine.

Janos war immer sehr gesprächig, er konnte gewaltige Töne von sich geben und konnte sie so vielseitig variieren, daß man sich jedesmal gewundert hat, warum er nun nicht wirklich redet.

Aber er tut es ja, so gut er kann. Und ich verstehe ihn. Ich verstehe, was er sagen will. Und ich glaube, er ist glücklich da draußen. Wenn ich in die Stadt zurückfahre, bin ich auch glücklich.

Janos, du Freund so vieler Jahre, du sollst unbeschwert dein Leben genießen, so lange es möglich ist. Das soll mein Dank sein für all die Freude und all das Glück, das du mir gegeben hast.

Fin.